www.ingramcontent.com/pod-product-compliance
Lightning Source LLC
LaVergne TN
LVHW010601070526
838199LV00063BA/5037
* 9 7 8 9 3 5 8 7 2 8 2 8 6 *

گدھے کے سینگ

(بچوں کی کہانیاں)

مرتب:

سید حیدرآبادی

© Taemeer Publications LLC
Gadhe ke Seeng (Kids Stories)
by: Syed Hyderabadi
Edition: February '2024
Publisher :
Taemeer Publications LLC (Michigan, USA / Hyderabad, India)

ISBN 978-93-5872-828-6
9 789358 728286

مصنف یاناشر کی پیشگی اجازت کے بغیر اس کتاب کا کوئی بھی حصہ کسی بھی شکل میں بشمول ویب سائٹ پر اَپ لوڈنگ کے لیے استعمال نہ کیا جائے۔ نیز اس کتاب پر کسی بھی قسم کے تنازع کو نمٹانے کا اختیار صرف حیدرآباد (تلنگانہ) کی عدلیہ کو ہو گا۔

©تعمیر پبلی کیشنز

کتاب	:	**گدھے کے سینگ** (بچوں کی کہانیاں)
مرتبہ	:	**سید حیدرآبادی**
صنف	:	ادب اطفال
ناشر	:	تعمیر پبلی کیشنز (حیدرآباد، انڈیا)
سالِ اشاعت	:	۲۰۲۴ء
صفحات	:	۸۶
سرورق ڈیزائن	:	تعمیر ویب ڈیزائن

مرتب : سید حیدرآبادی

فہرست

(۱)	گدھے کے سینگ	اشرف تھانوی	6
(۲)	شرفو کی کہانی	میرزا ادیب	13
(۳)	بچپن کی تصویر	اشتیاق احمد	21
(۴)	اپریل کا مسافر	خلیل جبار	27
(۵)	باکمال توتا	نازیہ انور شہزاد	32
(۶)	کل کی بات	سید آصف جاوید نقوی	39
(۷)	سیٹھ پاپڑ والے کی تجوری	فرزانہ روحی	44
(۸)	قطرہ قطرہ دریا	نازیہ انور شہزاد	50
(۹)	سایہ دار، ثمر بار	حسن ذکی کاظمی	55
(۱۰)	چچا تیز گام نے آم کھائے	محمد فہیم عالم	64
(۱۱)	وعدہ پورا ہوا	مظہر یوسف زئی	74
(۱۲)	زمرد کا خواب	جدون ادیب	79

(۱) گدھے کے سینگ

اشرف تھانوی

یہ اس زمانے کی کہانی ہے جب یہ دنیا نئی نئی بنی تھی۔ زمین پر آدمیوں نے پھیل کر بستیاں بسالی تھیں۔ حیوان جنگلوں میں پھرا کرتے تھے۔ آدمیوں نے گائے بھینسوں کو پال کر ان کا دودھ نکالنا شروع کر دیا تھا۔ ان کے بچھڑوں کو بیل بنا کر کھیتی باڑی کا کام لینے لگے تھے، لیکن گدھے کو کسی نے نہ پکڑا تھا۔ وہ دوسرے جانوروں کے ساتھ جنگل میں پھرا کرتا تھا۔ اس وقت گدھا ایسا نہیں تھا جیسا اب ہے۔ اس وقت اس کے سر پر دو بڑے بڑے سینگ تھے، مگر گدھے کو اپنے سینگوں کی خبر نہیں تھی۔ جنگل میں آئینہ تو تھا نہیں جو کوئی اپنا عکس اس میں دیکھ لیتا اور پھر جنگل میں آئینہ کہاں سے آتا، آدمیوں نے ابھی آئینہ نہیں بنایا تھا۔ بہت سی چیزیں ضرورت پڑنے پر آدمی بناتے جا رہے تھے۔ سنا ہے آئینہ سکندر بادشاہ کے عہد میں اس کے حکم سے تیار ہوا تھا۔ خیر، تو گدھا جنگل کے ہرنوں، بارہ سنگھوں کو دیکھ کر سوچا کرتا تھا کہ میں ان سے ڈیل ڈول میں بہت بڑا ہوں، اگر ان کی طرح میرے بھی سینگ ہوتے تو میں سب سے زیادہ رعب دار ہوتا۔ اسی دھن میں ایک دن وہ ندی پر گیا۔ اس روز ندی کا بہاؤ رُکا ہوا تھا اور پانی ٹھہرا ہوا تھا۔

گدھے نے جیسے ہی پیاس مٹانے کے لیے پانی میں منہ ڈالا اسے اپنا عکس پانی میں نظر آیا۔ حیران ہو کر دیکھنے لگا کہ اس کے سر پر تو دو لمبے لمبے سینگ ہیں۔ وہ اپنی اگلی ٹانگیں تو سر پر نہیں پھیر سکتا تھا۔ یہ اندازہ کرنے کے لیے کہ سچ مچ اس کے سینگ ہیں، جلدی

جلدی پانی پی کر وہاں سے چل دیا۔ ایک کیلے کا درخت سامنے تھا۔ اس میں سینگ مار کر دیکھا۔ سینگ کی نوک تنے میں گھس گئی۔ اب تو گدھا بہت ہی خوش ہوا اور سینگوں کو ہلاتا ہوا آگے چلا۔ ایک خرگوش اچھلتا کودتا جارہا تھا۔ گدھے نے اسے ڈانٹ کر روکا۔ خرگوش سہم کر کھڑا ہو گیا۔ گدھے نے کہا:

ایک سینگ اوڑوں موڑوں
ایک سینگ سے پتھر توڑوں
آ، رے خرگوش کے بچے
پہلے تیرا ہی پیٹ پھوڑوں

خرگوش ڈر گیا اور منہ بسورتے ہوئے بولا: "میں نے کیا قصور کیا ہے؟"

گدھے نے اکڑ کر کہا:

"تُو بہت گستاخ ہے۔ میرے سامنے سے چھلانگیں لگاتا ہوا چلا جاتا ہے۔ ٹھہر کر ادب سے مجھے سلام نہیں کرتا۔"

خرگوش نے معافی مانگی اور پچھلی دونوں ٹانگوں پر کھڑے ہو کر اور اگلی ٹانگ ایک ماتھے پر رکھ کر سلام کیا۔ گدھا یہ کہہ کر کہ اب کبھی سلام کیے بغیر میرے سامنے سے نہ جانا، آگے چل دیا۔ تھوڑی دور پر ایک گیدڑ ملا۔ گدھے نے اسے بھی روک کر کہا:

ایک سینگ اوڑوں موڑوں
ایک سینگ سے پتھر توڑوں
آ، رے گیدڑ کے بچے
پہلے تیرا ہی پیٹ پھوڑوں

گیدڑ تو بزدل ہوتا ہی ہے۔ اتنے بڑے گدھے کو یہ دھمکی دیتے دیکھ کر کانپنے لگا اور

جھجھکتے جھجھکتے بولا:

"گدھے صاحب! اگر مجھ سے کوئی خطا ہوئی ہے تو آپ بڑے ہیں، مجھے چھوٹا سمجھ کر معاف کر دیں۔"

گدھے نے اس سے بھی یہی کہا: "تم بے ادب ہو، مجھے سلام نہیں کیا کرتے۔" گیدڑ نے بھی گردن جھکا کر بڑی عاجزی سے سلام کیا۔ یہاں سے بھی گدھا آگے چلا تو لومڑی ملی۔

لومڑی بڑی مکار اور ہوشیار ہوتی ہے۔ وہ گدھے کو اکڑتے اتراتے دیکھ کر سمجھ گئی کہ یہ بے وقوف جانور آج کس وجہ سے اینٹھ رہا ہے۔ جیسے ہی گدھا قریب آیا، بولی: "گدھے صاحب! آداب عرض کرتی ہوں۔ اس وقت کہاں تشریف لے جا رہے ہیں؟"

گدھے نے کہا: "آج جنگل کے گستاخ جانوروں کو ادب اور تمیز سکھانے نکلا ہوں، جو حیوان مجھے سلام نہیں کرتا، اس سے کہتا ہوں:

ایک سینگ اوڑوں موڑوں
ایک سینگ سے پتھر توڑوں
آ، رے لومڑی کے بچے
پہلے تیرا ہی پیٹ پھوڑوں

لومڑی بڑی تجربے کار تھی۔ اسے معلوم تھا کہ انسان، حیوان سے بڑا عقلمند ہوتا ہے۔ اس نے اونٹ اور گھوڑے جیسے بڑے جانوروں کو غلام بنالیا ہے۔ اس نے سوچا کہ اس احمق گدھے کو بھی انسان تک پہنچانا چاہیے۔ اس لیے کہنے لگی:

"ایک آدمی کو میں نے جنگل کے کنارے دیکھا تھا۔ چار پاؤں سے چلنے والے جانور تو بے چارے سیدھے سادے ہیں، آپ تو اس جانور کو ٹھیک کیجیے جو دو پاؤں سے سر اٹھا کر

چلتا ہے۔ آپ کے مقابلے میں ہے تو دُبلا پتلا، مگر بہت گستاخ اور بڑا سر کش ہے۔"

گدھے نے پوچھا: "کیا اس کے سینگ میرے سینگوں سے بھی بڑے ہیں؟"

لومڑی نے جواب دیا: "بڑے چھوٹے کیسے، اس کے تو سرے سے سینگ ہی نہیں۔ خوامخواہ کا غرور ہے اور ہم سب جنگلی جانوروں سے اپنے آپ کو برتر سمجھتا ہے۔"

گدھے نے پھر سوال کیا: "کیا اس کا منہ میرے منہ سے بڑا ہے؟ اور اس کے لمبے لمبے نوکیلے دانت ہیں؟"

لومڑی نے کہا: "نہیں، کلھیا کی طرح ذرا سا منہ ہے اور گھاس کھانے والے ہرن چکاروں جیسے چھوٹے چھوٹے دانت ہیں۔ اگلے پاؤں جن سے وہ چلتا نہیں، انھیں ہاتھ کہتا ہے، وہ پچھلی ٹانگوں سے بھی پتلے اور چھوٹے ہیں۔ کان اتنے ذرا ذرا سے ہیں کہ آپ کے ایک کان سے آدمیوں کے بہت سے کان بن سکتے ہیں۔ بس شیخی ہی شیخی ہے۔"

گدھے نے کہا: "مجھے بتاؤ وہ کدھر ہے؟ میں ابھی جا کر اس کی ساری شیخی کر کری کر دوں؟"

لومڑی نے جس جگہ آدمی کو دیکھا تھا۔ اشارہ کر کے بتا دیا اور گدھا فوں فاں کرتا ہوا اس طرف چل دیا۔

جو آدمی وہاں پھر رہا تھا اس نے اعلیٰ درجے کا تیزاب بنایا تھا۔ اسے بوتل میں لیے اس کی آزمائش جنگلی جانوروں کی ہڈیوں پر ڈال ڈال کر کر رہا تھا کہ یہ گلتی ہیں کہ نہیں۔ ایک ہڈی کو گلتے دیکھ کر وہ اپنی کامیابی پر خوش ہو رہا تھا کہ گدھا وہاں پہنچا۔ آدمی کے ڈیل ڈول کو دیکھ کر دل میں ہنسا کہ اگر اس کو گرا کر میں اس پر گر پڑوں تو یہ میرے بوجھ سے ہی کچل کر رہ جائے گا۔ بڑی آن سے سر اٹھا کر بولا:

ایک سینگ سے اوڑوں موڑوں

ایک سینگ سے پتھر توڑوں

آ، رے آدمی کے بچے

پہلے تیرا ہی پیٹ پھوڑوں

اس آدمی نے جو یہ سنا تو بڑے اطمینان سے گدھے کو دیکھا اور بولا: "میں تو آپ کی دعوت کرنے آیا ہوں اور آپ میرا پیٹ پھوڑنا چاہتے ہیں۔ یہ کیسی اُلٹی بات ہے؟"

گدھے نے کہا: "میری دعوت کس چیز کی؟ میرے کھانے کے لیے جنگل میں گھاس بہت ہے۔"

آدمی نے جواب دیا: "گھاس کیا چیز ہے! میں آپ کو ایسی عمدہ چیز کھلاؤں گا، جو آپ نے کبھی نہ کھائی ہو، میرا ایک زعفران کا کھیت ہے جو لہلہا رہا ہے اور بہت خوشبودار ہے۔ آپ اسے چریں گے تو پھر آپ کی سانس سے ایسی خوشبو نکلے گی کہ سارا جنگل مہک اٹھے گا اور سب چرند پرند حیران ہو ہو کر آپ سے پوچھیں گے کہ یہ مہک آپ میں کیونکر پیدا ہو گئی؟ اس کے کھانے سے آپ اتنے خوش ہوں گے کہ ہر وقت ہنستے رہا کریں گے۔"

گدھا آخر گدھا تھا آدمی کی باتوں میں آ گیا اور کہنے لگا: "لومڑی بڑی جھوٹی ہے۔ وہ تو کہتی تھی کہ آدمی بہت برا ہوتا ہے۔ تم تو بہت اچھے ہو۔ جلدی سے مجھے زعفران کے کھیت پر لے چلو۔"

آدمی نے گدھے کو ساتھ لے کر اپنی بستی کا رُخ کیا جو وہاں سے بہت دُور تھی۔

تھوڑی دُور چل کر آدمی نے گدھے سے کہا: "آپ کے چار پاؤں ہیں اور میں دو پاؤں سے چلتا ہوں، آپ کا ساتھ نہیں دے سکتا۔ اگر آپ بُرا نہ مانیں تو میں آپ کی پیٹھ پر بیٹھ جاؤں اور راستہ بتاتا ہوا چلوں۔"

گدھے نے زعفران کے لالچ میں اس کی بات مان لی اور آدمی گدھے پر سوار ہو

گیا۔ ابھی دونوں کچھ ہی دور ہی گئے تھے کہ آدمی بولا: "گدھے میاں! آپ پھدکتے ہوئے بہت تیز تیز چلتے ہیں، میں کہیں گر نہ پڑوں۔ اگر اجازت ہو تو میں آپ کے سینگ ہاتھوں سے پکڑ لوں؟"

گدھے نے اجازت دے دی۔ آدمی نے سینگ اوپر سے پکڑ کر سینگوں کی جڑوں پر تیزاب کے قطرے ٹپکا دیے۔ ذرا دیر میں دونوں سینگ ٹوٹ کر گرنے لگے۔ آدمی نے ان کو ہاتھ میں لے کر پیچھے کی طرف زور سے پھینک دیا۔ گدھے کا منہ آگے کی طرف تھا، وہ کیا دیکھتا، اسے خبر بھی نہ ہوئی اور دونوں سینگ غائب ہو گئے۔

چلتے چلتے بہت دیر ہو چکی تھی۔ گدھے کو تکان ہونے لگی تو بولا: "اے آدمی! اتنی دور تو آ گئے، زعفران کا کھیت کہاں ہے؟"

آدمی بستی تک اس پر سوار ہو کر جانا چاہتا تھا، بولا: "تھوڑی دور اور چلو۔"

گدھے کو شبہ گزرا کہ یہ آدمی دھوکا دے کر میری پیٹھ پر تو سوار نہیں ہوا، کہنے لگا: "میری پیٹھ سے اترو اور مجھے بتاؤ! وہ زعفران کا کھیت کہاں ہے؟"

آدمی گدھے پر سے اترا اور درخت کی ایک ڈال توڑ کر اس کی قمچی بنانے لگا۔ گدھے کو آدمی کے ٹھہرنے پر غصہ آ گیا۔ بھوک بھی لگی ہوئی تھی، جھنجلا کر بولا: "اے آدمی! تو زعفران نہیں کھلائے گا؟"

آدمی نے کہا: "کہیں گدھے بھی زعفران کھاتے ہیں؟"

اس پر گدھا آدمی کو مارنے پر آمادہ ہو گیا اور اپنی بات دہرائی:

ایک سینگ اوڑوں موڑوں
ایک سینگ سے پتھر توڑوں
آ، رے آدمی کے بچے

پہلے تیرا ہی پیٹ پھوڑوں

یہ سُن کر آدمی ہنسا اور بولا: "گدھے تیرے سینگ کہاں ہیں؟ وہ تو غائب ہو گئے۔ اب تُو کیا میرا پیٹ پھوڑے گا۔ جدھر کو میں کہوں سیدھا سیدھا چل، نہیں تو مارے قمچیوں کے تیری کھال اُدھیڑ دوں گا۔"

گدھے نے اپنا سر ایک پیڑ سے ٹکرا کر دیکھا تو معلوم ہوا کہ سر پر سینگ موجود ہی نہیں۔ آدمی نے قمچیوں کی مار سے اسے اپنے گھر کے راستے پر لگا لیا اور دروازے کے آگے کھونٹا گاڑ کر ایک رسی سے باندھ دیا۔

اب گدھا بے چارہ آدمی کا بوجھ ڈھوتا ہے، سواری دیتا ہے، گاڑی کھینچتا ہے اور اپنی اس حماقت پر پچھتاتا ہے کہ سینگ پا کر میں اتنا مغرور کیوں ہو گیا تھا۔ سخت شرمندگی اسے آدمیوں کی بات سُن کر ہوتی ہے، جب کوئی آدمی بغیر کہے سُنے چلا جاتا ہے تو دوبارہ ملنے پر لوگ اس سے کہتے ہیں:

"تم ایسے غائب ہوئے، جیسے گدھے کے سر سے سینگ۔"

(۲) شرفو کی کہانی

میرزا ادیب

وہ ایک لکڑہارا تھا۔ ساری عمر اس نے جنگلوں میں جا کر لکڑیاں کاٹ کر انھیں بیچا تھا اور اپنی اس محنت سے جنگل سے کچھ دور ایک چھوٹا سا مکان بنوایا تھا، جس میں وہ، اس کی بیوی اور جوان بیٹا رہتا تھا۔ بیوی کا نام نادی تھا اور بیٹے کا شرفو۔ تینوں آرام اور سکون سے زندگی بسر کر رہے تھے۔ کام صرف لکڑہارا کرتا تھا۔ بیوی اور بیٹا کوئی ایسا کام نہیں کرتے تھے جس میں آمدنی میں اضافہ ہو۔ بیوی ہانڈی روٹی پکاتی تھی اور بیٹا گھر ہی میں رہ کر چھوٹے چھوٹے کام کرتا تھا۔

لکڑہارا بوڑھا ہو گیا تھا۔ بڑھاپے کی وجہ سے اس میں پہلے سی ہمت نہیں رہی تھی۔ وہ آئے دن بیمار ہی رہتا تھا، مگر اسے کوئی ایسی پریشانی نہیں تھی۔ سمجھتا تھا کہ میرا شرفو اب بچہ نہیں رہا۔ آسانی سے گھر کی ذمہ داریاں سنبھال سکتا ہے۔ شرفو کی ماں کا بھی یہی خیال تھا، اس لیے اسے بھی کسی قسم کی فکر نہیں تھی۔

ایک صبح لکڑہارا جاگا تو اس نے محسوس کیا کہ بڑا کمزور ہو گیا ہے۔ جنگل میں جا کر لکڑیاں کاٹنا اس کے لیے مشکل ہے۔ اس کا بیٹا صبح ناشتے سے فارغ ہو چکا تھا اور اس بات پر حیران ہو رہا تھا کہ اس کا باپ معمول کے مطابق صبح سویرے گھر سے نکلا کیوں نہیں۔ چارپائی پر لیٹا کیوں ہے؟

لکڑہارا سمجھ گیا کہ اس کا بیٹا کیا سوچ رہا ہے۔ اس نے شرفو کو اشارے سے اپنے پاس بلایا اور پیار سے بولا: "شرفو بیٹا!"

"جی، اباجی!"

"دیکھو بیٹا! اب اپنے گھر کی ذمہ داری تمھیں سنبھالنا ہو گی۔ میں بوڑھا ہو گیا ہوں، بیمار بھی ہوں۔"

"تو فرمایئے اباجی!" شرفو نے پوچھا۔

"بیٹا! جو کام میں نے ساری عمر کیا ہے، وہ اب تم کرو۔ لکڑیاں کاٹنا آسان کام نہیں ہے، مگر تم ہمت والے اور طاقت ور ہو۔ شروع شروع میں یہ کام ذرا مشکل لگے گا۔ پھر رفتہ رفتہ آسان ہو جائے گا۔ میں تمھیں برابر مشورے دیتا رہوں گا، جو تمھارے لیے مفید ہوں گے۔ سمجھ گئے بیٹا!"

شرفو نے ہاں میں سر ہلا دیا۔

"شاباش بیٹا! مجھے تم سے یہی امید تھی۔ شوق سے کام کرو گے تو ڈھیر سارے پیسے کما لو گے۔"

شرفو کی ماں پاس ہی کھڑی یہ گفتگو سن رہی تھی۔ شرفو کے باپ نے اس کی طرف دیکھ کر کہا: "نادی! میرا کلہاڑا لے آؤ۔"

نادی اندر سے کلہاڑا لے آئی۔

"بیٹا! یہ ہمارا ورثہ ہے۔ اس کی حفاظت کرتے رہنا، کیوں کہ اس کے ذریعے سے ہی تو ایک لکڑہارا پیڑ سے لکڑیاں کاٹتا ہے۔"

یہ کہتے ہی لکڑہارا چارپائی سے اٹھ بیٹھا۔ اس نے کلہاڑا اٹھا کر شرفو کے کندھے پر رکھ دیا اور اسے بتانے لگا کہ اچھے پیڑ کہاں کہاں ہیں۔ کتنی لکڑیاں ہر روز کاٹنی ہوں گی اور انھیں کس طرح گٹھا بنا کر سر پر اٹھا کر شہر میں وہاں لے جانا ہو گا، جس جگہ لکڑیاں بیچی جاتی ہیں، لکڑہارے نے اسے اس جگہ کا نام بھی بتا دیا۔

شر فو بڑے شوق سے باپ کی باتیں سن رہا تھا۔ اس کا یہ شوق دیکھ کر اس کے ماں باپ دونوں بہت خوش تھے۔

جب لکڑہارے نے وہ سب کچھ بتا دیا، جو وہ اپنے بیٹے کو بتانا چاہتا تھا تو کہنے لگا: "لو شر فو! آج سے کام شروع کر دو۔"

شر فو کی ماں نے بیٹے کو ڈھیروں دعائیں دیں اور شر فو کلہاڑا کندھے سے لگائے اپنے گھر سے نکل گیا۔ جنگل کا راستہ وہ اچھی طرح جانتا تھا۔ ابھی سورج طلوع نہیں ہوا تھا کہ وہ باپ کی بتائی ہوئی جگہ پر پہنچ گیا۔ بیسیوں پیڑ تھوڑے تھوڑے فاصلے پر ایک قطار میں کھڑے تھے۔ اس کے باپ نے بتایا تھا کہ پہلے پیڑ کی شاخیں جھکی ہوئی ہیں، ان شاخوں کو کاٹنا آسان ہے، پہلے یہی شاخیں کاٹنا۔

وہ ایک لمبی جھکی ہوئی شاخ کو کاٹنے کی کوشش کر رہا تھا کہ اچانک اس کی نظر شاخ کے اس مقام پر پڑی، جہاں سے یہ پیڑ سے پھوٹی تھیں۔ اس نے دیکھا کہ وہاں چڑیوں نے ایک گھونسلا بنا رکھا ہے۔ اس نے دو تین بچے بھی اس گھونسلے میں دیکھ لیے تھے۔ یہ گھونسلا دیکھ کر فوراً اس کے ذہن میں یہ سوال اٹھا: میں نے یہ شاخ کاٹی تو کیا گھونسلا تباہ نہیں ہو جائے گا؟

اس نے اپنے سوال کا خود جواب دیا: "بالکل تباہ ہو جائے گا اور وہ بچے جو اس گھونسلے میں پرورش پا رہے ہیں، نیچے گر کر مر جائیں گے اور ان کے ماں باپ کو بڑا دکھ ہو گا۔"

اس نے کلہاڑا اس شاخ کو کاٹنے کے لیے اٹھایا ہی تھا کہ یکایک اس کا ہاتھ رک گیا۔ وہ آہستہ سے بولا: "نہیں، میں یہ ظلم نہیں کر سکتا۔"

اور وہ اس پیڑ کے سائے میں بیٹھ گیا۔

کئی باتیں اس کے ذہن میں آ گئیں۔ میرے باپ نے لکڑیاں کاٹنے کے لیے بھیجا

ہے۔ اس کا حکم مانتا ہوں تو وہ خوش ہو گا۔ میں لکڑیاں بیچ کر پیسے کما لوں گا، لیکن یہ ان چڑیوں پر ظلم ہو گا، جنھوں نے یہاں گھونسلا بنا رکھا ہے۔ وہ سوچتا رہا کہ ماں باپ کا حکم مانے یا ان بیچاری چڑیوں کے گھونسلے کو سلامت رکھے۔ اس کی نظر بار بار گھونسلے پر جم جاتی تھی۔ آخر وہ اٹھ بیٹھا اور پکے ارادے کے ساتھ واپس گھر روانہ ہو گیا۔ اس کا باپ گھر کے باہر چارپائی پر لیٹا اس کا انتظار کر رہا تھا۔ شرفو کو دیکھا تو بولا: "شرفو بیٹا! جلدی آ گئے ہو۔ بڑی جلدی لکڑیاں بک گئی ہیں۔"

"نہیں ابا جان!"

"کیا بات ہے؟"

"ابا جان! میں پیڑ پر کلہاڑا نہیں چلا سکا۔"

"کیوں؟" لکڑہارا حیران ہو کر بولا۔

شرفو نے جو کچھ دیکھا تھا، وہ باپ کو بتا دیا اور اس سے پہلے کہ اس کا باپ کچھ کہے، اس کی ماں نے کہا: "بیٹا! اس پیڑ پر چڑیوں نے گھونسلا بنا رکھا تھا تو اسے چھوڑ کر دوسرے پیڑ کی شاخیں کاٹ لیتے۔"

شرفو نے جواب دیا: "اماں! وہاں بھی پرندوں نے گھونسلا بنا رکھا تھا۔ کیسے کاٹتا اسے۔"

لکڑہارا اپنے بیٹے کی بات سن کر بہت خفا ہوا اور غصے سے کہنے لگا: "او احمق! لکڑہارا یہ نہیں دیکھتا کہ پیڑ پر پرندوں کا گھونسلا ہے یا نہیں۔ اسے لکڑیاں کاٹ کر بیچنی ہوتی ہیں۔ تم نے بڑی احمقانہ حرکت کی ہے۔ میں نہیں سمجھتا، تم اتنے پاگل ہو گے۔"

لکڑہارا غصے میں جانے اور کیا کہہ دیتا کہ اس کی بیوی نے سرگوشی میں سمجھایا: "آخر بچہ ہے اور کچھ نہ کہو۔ دو تین دن ٹھہر جاؤ۔ اپنی ذمے داری سنبھال لے گا۔"

دو دن بیت گئے تو پھر باپ نے بیٹے کو ایک اور مقام کا پتا بتایا اور تاکید کی خبر دار! پیڑ پر ضرب لگانے سے پہلے اوپر نہیں دیکھنا۔"

شرفو نے عہد کر لیا کہ وہ پہلے کی طرح اوپر نہیں دیکھے گا اور باپ کے بتائے ہوئے مقام پر چلا گیا۔ اسے اپنا وعدہ یاد تھا۔ چناں چہ پہلے پیڑ کے پاس پہنچ کر اس نے اوپر نہ دیکھا۔ وہ نیچے دیکھتے ہوئے کلہاڑا مارنے لگا کہ اس کی نظر پیڑ کے نیچے اس جنگلی پھل پر پڑی، جسے بعض لوگ ہانڈی میں پکا کر کھاتے ہیں۔

ایک سوال ذہن میں ابھر آیا: اس پیڑ پر یہ پھل لگتا ہے۔ میں اسے کیوں نقصان پہنچاؤں؟ کیا اس کی شاخیں کاٹنے سے اس پھل کا کچھ حصہ ضائع نہیں ہو جائے گا؟ کیا یہ ان لوگوں کے ساتھ زیادتی نہیں ہو گی جو اسے ہانڈی میں پکا کر کھاتے ہیں؟

وہ دیر تک اس پیڑ کے نیچے بیٹھا رہا اور سوچتا رہا۔

اس روز جب لکڑہارے نے اپنے بیٹے کو دیر سے آتے دیکھا تو اسے یقین ہو گیا کہ اب یہ ضرور لکڑیاں بیچ کر پیسے لایا ہے۔ وہ خوش ہو کر بولا: "آج میرا بیٹا کافی پیسے لے کر آیا ہے۔ ہے نا، کیوں شرفو؟"

"نہیں ابا جان! میں کوئی پیسہ نہیں لایا۔" پھر اس نے باپ کو پیڑ نہ کاٹنے کی وجہ بتا دی۔ بیٹے کی بات سنتے ہی لکڑہارے کے تن بدن میں آگ لگ گئی۔

"تو کچھ نہیں کر سکے گا۔ تجھے لکڑیاں کاٹ کر بیچنے کے لیے بھیجا تھا، پیڑ کا پھل دیکھنے کے لیے نہیں۔"

"میں کیا کرتا ابا جان! آپ جانتے نہیں، لوگ اس پھل کو پکا کر کھاتے ہیں۔"

باپ گرجا: "تو تمھیں کیا؟ لوگ پھل پکا کر کھاتے ہیں، تم تو نہیں۔"

"ابا جی! وہ لوگ بھی تو ہمارے جیسے ہیں نا۔"

لکڑہارے کا غصہ بڑھتا جا رہا تھا کہ اس کی بیوی نے پھر اسے سمجھایا:"بس اب اور کچھ نہ کہو۔ مجھے امید ہے، شرفو سیدھے راستے پر آجائے گا۔"

لکڑہارا بولا:"اب کے میں برداشت کر لیتا ہوں۔ آئندہ اس نے ایسی بیہودہ حرکت کی تو میں اسے گھر سے نکال دوں گا۔"

چند دن گزر گئے۔ لکڑہارے نے اس مرتبہ پرانے درختوں کا پتا بتا کر کہا:"خبردار! اب کے کوئی بہانہ نہ بنانا، پیسے لے کر گھر آنا۔"

شرفو جنگل میں گیا۔ اس نے پرانے پیڑ دیکھے۔ بہت بوڑھے ہو چکے تھے۔ انھیں دیکھ کر وہ سوچنے لگا: انھوں نے برسوں تک مسافروں کے لیے ٹھنڈے سائے مہیا کیے ہیں۔ تھکے ہوئے لوگ ان کے نیچے بیٹھ کر سکون حاصل کرتے رہے ہیں۔ انھیں کاٹنا انسان کے ان محسنوں کا احسان ماننے کے بجائے ان پر الٹا ظلم نہیں ہو گا؟

اور وہ واپس آنے لگا۔ راستے میں ایک نہر پڑتی تھی۔ اس کے پل پر سے گزرتے ہوئے اس نے کلہاڑا نیچے پانی میں پھینک دیا کہ نہ یہ ہو گا اور نہ مجھے لکڑیاں کاٹنے کے لیے کہا جائے گا۔ شہر میں ایک بازار سے گزرتے ہوئے اس نے کئی دکانوں کو دیکھ کر سوچا: یہ اچھا کام ہے۔ میں بھی اباجان سے کہہ کر بازار میں ایک دکان کھول لوں گا۔

اس روز وہ شام کے قریب اپنے گھر پہنچا۔ لکڑہارے کو پورا یقین تھا کہ اس کا بیٹا ضرور لکڑیاں بیچ کر آیا ہے۔

"تو آج تم نے کیا کام کیا ہے؟"

باپ کا یہ سوال سن کر شرفو بولا:"اباجان! پیڑ تو میں نہیں کاٹ سکا۔ وہ ساری عمر مسافروں کو ٹھنڈے سائے دیتے رہے ہیں۔ میں نے سوچ لیا ہے کہ بازار میں دکان پر بیٹھا کروں گا۔"

بیٹے کے منہ سے جیسے ہی یہ لفظ نکلے لکڑہارا اپنے غصے پر قابو نہ رکھ سکا اور اسے اسی وقت گھر سے نکال دیا۔ ماں نے دخل دینا چاہا تو لکڑہارے نے اسے بھی جھڑک دیا:"بس، بس اب تم ایک لفظ نہیں کہو گی۔"

شرفو گھر سے نکل کر چلنے لگا۔ اس کا کوئی ٹھکانا تو تھا نہیں۔ کہاں جا سکتا تھا؟ چلتا گیا، چلتا گیا، یہاں تک کہ اس قدر تھک گیا کہ اس کے لیے ایک قدم اٹھانا بھی دو بھر ہو گیا تھا۔ قریب ہی ایک بڑی شان دار حویلی تھی۔ وہ اس کے دروازے پر گر پڑا اور بے ہوش ہو گیا۔

ادھر لکڑہارا اور اس کی بیوی اپنے بیٹے کی جدائی میں تڑپ رہے تھے۔ لکڑہارا بری طرح پچھتا رہا تھا کہ اس نے بیٹے کو گھر سے کیوں نکال دیا تھا۔ ایک دن دونوں بیٹے کی باتیں یاد کر کے رو رہے تھے کہ ان کے مکان کے آگے ایک بگھی رکی۔ اس میں سے ایک شخص اترا اور لکڑہارے کے دروازے پر دستک دینے لگا۔

"کیوں جناب! کیا بات ہے؟" لکڑہارے نے دروازہ کھول کر اس آدمی سے پوچھا۔
"آپ کو، آپ کی بیوی کو نادر خاں نے بلایا ہے۔"
"نادر خاں کون؟" لکڑہارے نے یہ نام پہلی بار سنا تھا۔
"آپ نے نادر خاں کا نام نہیں سنا؟"
"جی نہیں۔"
"وہ بڑے آدمی ہیں، سب ان کی عزت کرتے ہیں۔ مہربانی کر کے بگھی میں بیٹھ جائیں۔"

لکڑہارا اور اس کی بیوی بگھی میں بیٹھ گئے۔ بگھی انھیں ایک بڑے خوب صورت اور شاندار باغ میں لے آئی۔

وہ باغ کو دیکھ دیکھ کر حیران ہو رہے تھے کہ ایک طرف سے آواز آئی: "ابا جان! اماں!"

"ارے شرفو!" لکڑہارا اور اس کی بیوی اپنے بیٹے کو دیکھ کر حیران ہو گئے۔ شرفو نے اعلیٰ قسم کا لباس پہن رکھا تھا اور بہت خوش لگتا تھا۔

"تم یہاں کہاں؟" شرفو کی ماں نے پوچھا۔

شرفو کہنے لگا: "اماں! اس شام جب ابا جان نے مجھے گھر سے نکالا تھا تو میں تھک کر ایک حویلی کے دروازے پر گر پڑا۔ اس حویلی کے مالک نادر خاں ہیں، جنھوں نے یہ دیکھ کر کہ مجھے پیڑوں اور پرندوں سے بڑی محبت ہے، اپنے اس باغ کا مالی بنا دیا ہے۔ وہ ہیں میرے محسن۔"

نادر خاں قریب آ گئے اور کہنے لگے: "واقعی شرفو کی اس بات نے مجھے بہت متاثر کیا تھا کہ اسے پیڑوں کا بڑا خیال ہے۔ پیڑوں سے محبت کرتا ہے۔ میں نے اسے اپنے باغ کے پیڑوں کی رکھوالی کا کام سپرد کر دیا ہے۔ وہ یہاں نئے نئے پیڑ لگائے گا اور ان کی حفاظت کرے گا، اس نے پیڑوں سے محبت کی ہے اور پیڑوں نے اس محبت کا یہ بدلہ دیا ہے۔"

شرفو کے اصرار پر اس کے ماں باپ بھی وہیں رہنے لگے اور خوشی خوشی زندگی بسر کرنے لگے۔

(۳) بچپن کی تصویر

اشتیاق احمد

چلتی ٹرین میں چڑھنے والے نوجوان کو نواب کاشف نے حیرت بھری نظروں سے دیکھا۔ وہ اندر آنے کے بعد اپنا سانس درست کر رہا تھا۔ شاید ٹرین پر چڑھنے کے لیے اس کو کافی دور دوڑنا پڑا۔ نواب کاشف نے اس سے کہا:

"نوجوان! ٹرین پر چڑھنے کا یہ طریقہ درست نہیں، اس طرح آدمی حادثے کا شکار ہو سکتا ہے۔"

"زندگی تو ہے ہی حادثات کا نام چچا۔" نوجوان مسکرایا۔

"اوہو اچھا۔ یہ جملہ تو ذرا ادبی قسم کا ہے۔۔۔ کیا تمھارا تعلق ادب سے ہے؟" نواب کاشف کے لہجے میں حیرت ابھی باقی تھی۔

"میرا ادب سے تعلق بس پڑھنے کی حد تک ہے چچا۔"

"چچا۔۔۔ تم مجھے پہلے بھی چچا کہہ چکے ہو، تمھارے منھ سے چچا کہنا کچھ عجیب سا لگا۔۔ خیر۔۔۔۔ میں تمھیں بتائے دیتا ہوں کہ یہ کیبن میں نے مخصوص کروا رکھا ہے۔ لہذا اس میں کسی اور کے لیے سیٹ نہیں ہے۔"

"لیکن چچا، یہ جگہ تو چار پانچ آدمیوں کی ہے؟"

"ہاں، یہ فیملی کیبن ہے۔ میری فیملی تین اسٹیشنوں کے بعد سوار ہو گئی۔"

"اوہ، اچھا، میں تیسرا اسٹیشن آنے سے پہلے ہی اتر جاؤں گا۔ آپ فکر نہ کریں۔"

"لیکن بھئی، یہ پورا کیبن میرے لیے مخصوص ہے۔"

"میں سن چکا ہوں۔۔۔ لیکن آپ دیکھ چکے ہیں۔ میں چلتی ٹرین میں سوار ہوا ہوں، خیر میرا وجود اگر آپ کو اتنا ہی ناگوار گزر رہا ہے تو میں اگلے اسٹیشن پر اتر جاؤں گا۔ اتنی دیر کے لیے تو آپ کو برداشت کرنا پڑے گا۔ مجھے افسوس ہے۔"

"اچھا خیر، بیٹھ جائیں برخوردار۔"

نوجوان سامنے والی سیٹ پر بیٹھ گیا۔ پھر گھڑی پر نظر ڈالتے ہوئے بولا: "اگلا اسٹیشن کتنی دیر میں آجائے گا؟"

"پینتالیس منٹ تو ضرور لگیں گے۔"

"اوہ۔۔۔ تب تو کافی وقت ہے۔ میں ذرا نیند لے سکتا ہوں؟"

"ضرور، کیوں نہیں۔" نواب کاشف نے منہ بنایا۔

نوجوان نے جیب میں ہاتھ ڈالا، اس کا ہاتھ باہر نکلا تو اس میں چیونگم کے دو ٹکڑے تھے۔ اس نے اپنا ہاتھ آگے بڑھاتے ہوئے کہا: "چچا، چیونگم۔"

"میں بچہ نہیں۔" نواب صاحب نے منہ بنایا۔

"یہ چیونگم بہت خاص قسم کے ہیں۔ ان سے سے خاص قسم کے لوگ شغل کرتے ہیں۔ آپ کے لیے اگر یہ انوکھی چیز ثابت نہ ہوں تو پھر کہیے گا۔ آپ ایک چیونگم منہ میں رکھ کر دیکھ لیں۔ ابھی اندازہ ہو جائے گا۔" یہ کہتے ہوئے اس نے دوسرا چیونگم کا کاغذ بائیں ہاتھ اور دانتوں کی مدد سے اتار لیا اور اس کو منہ میں رکھ لیا۔

غیر ارادی طور پر نواب کاشف نے چیونگم اٹھا لیا، اس کا کاغذ اتار کر اسے منہ میں رکھ لیا۔ وہ جلدی سے بولے۔ "اس میں شک نہیں، چیونگم بہت خاص قسم کا ہے۔"

"اور پیش کروں؟ راستے بھر شغل کر سکیں گے آپ۔"

"نہیں بھئی۔ مجھے مسلسل منہ چلانا پسند نہیں۔ آدمی بکرا نظر آنے لگتا ہے۔"

"آپ کی مرضی۔ ویسے آپ کی شکل صورت کچھ جانی پہچانی سی نظر آ رہی ہے۔ شاید میں نے آپ کو کہیں دیکھا ہے۔ کیا نام ہے بھلا آپ کا؟"

نواب صاحب نے طنز کہا: "واہ، واہ، وا۔"

"یہ کیسا نام ہوا؟"

"حد ہو گئی۔ میں نے اپنا نام نہیں بتایا۔ پہلے تو تم چلتی ٹرین پر سوار ہو گئے، وہ بھی میرے مخصوص کیبن میں، پھر جگہ حاصل کر لی۔ اس کے بعد چیونگم پیش کیا اور اب میرا نام پوچھ رہے ہو۔ خیر تو ہے نوجوان، ارادے تو نیک ہیں؟"

نوجوان نے ناگواری سے کہا: "اچھی بات ہے، نہ بتائیں نام، میں اگلے اسٹیشن پر اتر جاؤں گا۔"

"برا مان گئے برخوردار! خیر سنو، میرا نام نواب کاشف ہے۔"

"نواب کاشف!" نوجوان کے لہجے میں حیرت شامل ہو گئی۔

"ہاں کیوں، کیا تم مجھ سے میرا مطلب ہے میرے نام سے واقف ہو؟"

"سنا ہوا سا لگتا ہے۔ اسی طرح آپ کا چہرہ بھی شناسا ہے، خیر ابھی میں یہاں تقریباً چالیس منٹ اور ٹھیروں گا، اس دوران اگر یاد آ گیا تو بتاؤں گا۔"

نواب کاشف نے جمائی لیتے ہوئے کہا: "اچھی بات ہے، ہا، ہا، شاید مجھے نیند آ رہی ہے۔"

"میرا بھی یہی حال ہے۔"

تب پھر کچھ دیر نیند لے لیتے ہیں۔ اسٹیشن پر پہنچ کر جب ٹرین رکے گی تو آنکھ خود بخود کھل جائے گی۔"

نواب صاحب بولے: "ٹھیک ہے" پھر جمائی لی اور ان کی آنکھیں بند ہو گئیں۔ نیم دراز تو پہلے ہی تھے، اب پیر پھیلا کر لیٹ گئے۔"

ان کی آنکھ کھلی تو ان کے گھر کے افراد انھیں بری طرح جھنجوڑ رہے تھے۔ انھیں آنکھیں کھولتے دیکھ کر ان کی بیگم بول اٹھیں: "آپ گھوڑے بیچ کر سو گئے تھے؟ ہم لوگ کتنی دیر سے آپ کو جگانے کی کوشش کر رہے ہیں۔"

نواب صاحب چونک کر بولے: "اوہو اچھا، حیرت ہے، تین اسٹیشن گزر گئے، لو مجھے پتا ہی نہیں چلا اور، اور وہ نوجوان؟"

ان کی بڑی بیٹی نے حیران ہو کر پوچھا: "کون نوجوان، کس کی بات کر رہے ہیں ڈیڈی؟"

"اور ہاں، اسے تو اگلے اسٹیشن پر ہی اتر جانا تھا۔ یہاں تک تو اسے آنا ہی نہیں تھا۔"

"کس کی بات کر رہے ہیں؟ ابھی تک نیند میں ہیں کیا"

"نہیں، میں اب نیند میں نہیں ہوں۔ میں بتاتا ہوں، اس کے بارے میں۔"

پھر وہ اپنے گھر کے افراد کو نوجوان کے بارے میں بتانے لگے۔ چیونگم کے ذکر سے ان کا بیٹا چونکا۔ وہ بولا: "کہیں وہ کوئی چور تو نہیں تھا۔"

نواب کاشف بولے: "ارے نہیں، وہ تو بہت بھولا بھالا نوجوان تھا۔"

"پھر بھی آپ اپنی جیبوں کی تلاشی لے لیں۔"

"ضرورت تو کوئی نہیں، خیر تم کہتے ہو تو میں دیکھ لیتا ہوں۔"

انھوں نے اپنی جیبوں کا جائزہ لیا۔ شیروانی کی اندرونی جیب ٹٹولتے ہی وہ بولے:

"بٹوہ موجود ہے اور ساری نقدی اسی مین تھی، اس کا مطلب ہے وہ چور نہیں تھا۔"

بیٹے نے کہا: "بٹوا بھی تو نکالیں نا۔"

اس کے کہنے پر نواب صاحب نے جیب سے بٹوا نکال لیا۔ دوسرے ہی لمحے وہ بہت

زور سے اچھلے: "ارے یہ کیا! یہ تو میرا بٹوا نہیں ہے۔"

"کیا؟" ان سب کے منھ سے نکلا۔

نواب صاحب نے گھبراہٹ کے عالم میں بٹوے کا جائزہ لیا۔ بٹوے میں کاغذات بھرے ہوئے تھے۔ انھوں نے کاغذات نکال لیے۔ وہ اخبارات کے تراشے تھے۔ جرائم کی خبروں کے تراشے۔ ان کے بٹوے کے دوسرے حصے میں چند تصویریں تھیں۔ یہ تصاویر اسی نوجوان کی تھیں اور ان میں ایک تصویر غالباً اس کے بچپن کی تھی۔ بیگم صاحب نے تیز لہجے میں کہا: "متو وہ آپ کا بٹوا لے اڑا۔"

"ہاں یہی بات ہے۔ مجھے افسوس ہے۔ اوہ۔ اوہ۔ ارے۔"

ایک بار پھر وہ زور سے اچھلے۔ ان کی نظریں بچپن والی تصویر پر چپک سی گئی تھیں۔ ان کے دماغ میں گھنٹیاں سی بجنے لگیں۔ دماغ سائیں سائیں کرنے لگا۔ بچے کی مسکراتی تصویر ان کے دل و دماغ میں اترتی جا رہی تھی۔

تصویر والا بچہ اپنے ماموں سے پیار بھرے لہجے میں کہہ رہا تھا: "ماموں جان! آپ کہاں جا رہے ہیں۔"

"منے! میں فلم دیکھنے جا رہا ہوں۔"

"آپ مجھے بھی لے چلیں نا۔"

"لیکن منے! میرے پاس صرف ایک ٹکٹ کے پیسے ہیں۔ میرے پاس زیادہ پیسے نہیں ہیں، کیا تمھارے پاس پیسے ہیں؟"

"جی ماموں جان پیسے؟ جی نہیں تو۔"

"تب پھر تم ایک کام کرو۔ اپنے ابو کی دکان پر جاؤ، وہ تو دکان داری میں لگے ہوں گے۔ ان کے گلے میں سے کچھ نوٹ چپکے سے نکال لاؤ۔ انھیں پتا بھی نہیں چلے گا۔ پھر

میں تمھیں فلم دکھانے لے چلوں گا۔"

"اچھا ماموں جان!" منے نے کہا اور دوڑ گیا۔

جلد ہی وہ واپس آیا تو اس کے ہاتھ میں دس دس روپے کے کئی نوٹ تھے۔ ان نوٹوں کو دیکھ کر انھوں نے منھ بنایا اور کہا: "ان سے ٹکٹ نہیں آئے گا۔ ایک بار اور جاؤ۔" ماموں نے جھوٹ بولا۔ حال آنکہ اس کے زمانے میں فلم کا ٹکٹ چند آنوں میں ملتا تھا۔

"جی اچھا ماموں!" منا گیا اور چند نوٹ اور لے آیا۔

ماموں نے پھر کہا: "نہیں بھئی، ابھی ٹکٹ کے پیسے پورے نہیں ہوئے۔"

بچے نے کہا: "اچھا ماموں، ایک چکر اور سہی۔"

اس طرح منے کو ماموں نے کئی چکر لگوائے، تب فلم دکھائی، لیکن پھر منے کو پیسے اڑانے کا چسکا پڑ گیا۔ روز روز وہ اس کام میں ماہر ہوتا گیا اور اس کی یہ عادت اسے بری صحبت میں لے گئی۔ ایک دن وہ گھر سے بھاگ گیا۔ بیس سال بعد ماموں جان کی اس سے ملاقات ان حالات میں ہوئی تھی کہ اس کی تصویر اس کے ہاتھ میں رہ گئی تھی۔

"آپ، آپ اس تصویر کو اس طرح کیوں گھور رہے ہیں۔ کیا آپ جانتے ہیں یہ کس کی تصویر ہے۔ اس طرح تو شاید ہم اس کو گرفتار کرا سکیں۔"

نواب کاشف بولے: "نہیں، ہم اسے گرفتار نہیں کروائیں گے۔"

"لیکن کیوں، آپ کو اس چور سے ہمدردی کیوں ہے؟"

"گرفتار ہی کرنا ہے تو مجھے گرفتار کراؤ۔"

وہ ایک ساتھ بولے: "جی کیا مطلب؟"

اور وہ انھیں منے کی اور اپنی پرانی کہانی سنانے لگے۔

(۴) اپریل کا مسافر
خلیل جبار

رات کے اندھیرے میں بس تیزی سے سڑک پر دوڑ رہی تھی۔ اس کی ہیڈ لائٹوں سے سڑک روشن تھی بس میں بیٹھے انیس احمد بڑی بے چینی سے پہلو بدل رہے تھے۔ آج وہ جتنی جلدی گاؤں پہنچنا چاہ رہے تھے، اتنی ہی ان کو دیر ہوگئی تھی۔ یہ بس گاؤں جانے والی آخری بس تھی، لیکن مسافروں کی کمی کی وجہ سے دیر تک اسٹاپ پر کھڑی رہی۔ بس چلی تو بہت دیر ہو چکی تھی، لیکن مسافروں نے اس پر بھی سکون کا سانس لیا۔

کچھ فاصلہ طے کر کے بس چلتے چلتے رک گئی۔ بس کے اچانک جنگل میں رک جانے پر سب مسافر ایک دوسرے کو حیرت سے دیکھنے لگے۔ جب کوئی مسافر بس سے نہیں اترا اور نہ کوئی نیا مسافر بس میں چڑھا تو سب مسافروں کو غصہ آنے لگا۔

ایک بڑے میاں نے اپنی سیٹ پر سے کھڑے ہو کر کہا: "کیا ہوا؟ یہ بس کیوں روک دی؟"

ڈرائیور نے کہا: "بڑے صاحب! گاڑی کا انجن گرم ہو گیا ہے، اس لیے بس کو روکنا پڑا ہے۔

ایک نوجوان بولا: "ارے! کہیں یہ ڈاکوؤں سے ملے ہوئے نہ ہوں اور جان بوجھ کر بس کے خراب ہونے کا بہانا بنا کر اپنے ساتھیوں کا انتظار کر رہے ہوں۔"

"آپ خواہ مخواہ قیاس آرائیاں شروع کر دیتے ہیں۔ ہماری کوشش یہی ہوتی ہے کہ

شہر سے آئے ہوئے تمام مسافر اپنے گھروں کو پہنچ جائیں۔"

بس ڈرائیور نے مسافروں کو سمجھانے کی کوشش کی: "یہ ہمارا فرض ہے کہ مسافروں کی خدمت کریں۔ ڈاکوؤں سے مل کر ہمیں کیا ملے گا۔ فرض کیجیے ہم ان سے مل جاتے ہیں۔ جب روز روز بس لٹنے لگے گی تو پھر کوئی بھی مسافر اس آخری بس میں سفر نہیں کرے گا اور ہمارا دھندا چوپٹ ہو جائے گا۔ آپ لوگ اللہ کی ذات پر بھروسا رکھیے، کچھ نہیں ہو گا۔" ڈرائیور نے کہا۔

ڈاکوؤں کا نام سن کر انیس احمد پر کپکپی سے طاری ہو گئی۔ انھوں نے سن رکھا تھا کہ اس علاقے میں بڑے خطرناک ڈاکو ہوتے ہیں۔ اگر کوئی پیسے دینے میں ذرا تاخیر کرے تو فوراً سے اسے گولی مار دیتے ہیں۔ ڈاکوؤں کے خوف سے انیس کے ماتھے پر پسینے کی بوندیں آ گئیں۔ ان کی جیب میں بیس ہزار روپے تھے، جو وہ اپنے کزن کو دینے گاؤں جا رہے تھے۔ انیس احمد نے ماتھے سے پسینا صاف کیا اور بس کے شیشے سے باہر دیکھا کہ کہیں واقعی ڈاکو نہ آ رہے ہوں، لیکن باہر ہر طرف اندھیرا ہونے کی وجہ سے کچھ دکھائی نہیں دے رہا تھا۔ بس ڈرائیور نے بھی ڈاکوؤں کے خوف سے بس کی روشنی بجھا دی تھی تا کہ ڈاکو روشنی دیکھ کر اس کی طرف نہ آ سکیں۔ مسافر بظاہر خاموش تھے، لیکن چہروں سے خوف جھلک رہا تھا۔

انیس احمد کو ان کے کزن ہاشم کے بیٹے ندیم نے آج ہی شام ٹیلے فون کر کے اطلاع دی تھی کہ ہاشم کا خطرناک ایکسی ڈنٹ ہو گیا، آپ جلدی گاؤں پہنچیں۔ ایکسی ڈنٹ کی اطلاع ملتے ہی انیس احمد نے بیس ہزار روپے کی رقم احتیاطاً اپنے پاس رکھ لی تھی کہ کہیں پیسوں کی ضرورت نہ پڑ جائے، ہاشم کے علاج کے لیے۔ کوئی اور موقع ہوتا تو وہ کبھی رات میں سفر نہ کرتے۔

انیس احمد تین سال کے بعد اپنے گاؤں جارہے تھے۔ ہاشم کے ایکسی ڈنٹ کی اطلاع نے احمد کو بے چین کر دیا تھا اور وہ جلد سے جلد ہاشم کے پاس پہنچنا چاہ رہے تھے۔

گاؤں قریب آنے پر بس ڈرائیور نے گاؤں کے مسافروں کو ویران اور سنسان سڑک پر اتار دیا اور بس نواب شاہ جانے کے لیے روانہ ہوگئی۔ سڑک پر اندھیرا تھا اور سڑک کے کنارے درختوں کا سلسلہ دور تک نظر آرہا تھا۔

"ارے! یہ بس والے نے ہمیں کہاں اتار دیا ہے۔" انیس احمد نے بس سے اترنے پر حیرت سے ادھر ادھر دیکھتے ہوئے کہا۔

ایک مسافر بولا: "لگتا ہے بابو صاحب! آپ خاصے دنوں بعد گاؤں آئے ہیں۔"

انیس نے غصے سے کہا: "یہ درست ہے کہ میں تین سال کے بعد نیو سعید آباد آیا ہوں، لیکن اس کا مطلب یہ ہرگز نہیں ہے کہ بس والا ہمیں اسٹاپ پر اتارنے کے بجائے جنگل میں اتار دے۔"

دوسرے مسافر نے وضاحت کی: "بات دراصل یہ ہے کہ نیشنل ہائی وے اس طرح بنا دی گئی ہے کہ بڑی گاڑیاں اور بھاری ٹرک گاؤں کی چھوٹی سڑک سے گزرنے کے بجائے اس سڑک سے نکل جائیں تاکہ ایکسی ڈنٹ یا ٹریفک جام نہ ہو سکے۔ اس سڑک پر صرف چھوٹی چھوٹی گاڑیاں یا رکشا چلتے ہیں۔ دن کے وقت یہاں رکشا اور تانگے کھڑے ہوتے ہیں، تاکہ مسافروں کر ان کے گھر تک پہنچایا جا سکے۔ بڑے گاڑیوں کے کھیتوں کے درمیان سے نکلنے والی نیشنل ہائی وے سے گاؤں کے لوگوں کو بھی سکون ہے اور یہ گاڑیاں بھی تیزی سے سفر کرتی ہوئی جلد اپنے مقام پر آسانی سے پہنچ جاتی ہیں۔"

انیس احمد نے پوچھا: "اب ہم گاؤں کس طرح جائیں گے؟"

مسافر نے بتایا: "ظاہر ہے اس کچے راستے سے ہوتے ہوئے ہی گاؤں کی سڑک پر

پہنچیں گے۔"

وہ اور مسافر پیدل چلتے ہوئے کچے راستے سے گاؤں کو روانہ ہو گئے۔ انیس کو گھر پہنچنے کی زیادہ ہی جلدی تھی۔ وہ مسافروں سے آگے آگے چل رہے تھے۔ ایک موڑ پر اچانک ایک سمت سے ایک کتے نے انیس احمد پر حملہ کرنے کی نیت سے چھلانگ لگائی۔ وہ تیزی سے دوسری طرف کو ہو گئے۔ کتے کو وار خالی گیا تو وہ پلٹ کر دوبارہ حملہ آور ہوا۔ انیس احمد ہوشیار ہو چکے تھے۔ انھوں نے زمین پر پڑی لکڑی اٹھا کر کتے کو دے ماری۔ چوٹ لگتے ہی کتا سہم کر پیچھے ہٹ گیا اور غصے سے بھونکنے لگا، مگر دوسرے مسافروں کو دیکھ کر کتا چپ تو ہو گیا، لیکن اس کتے کی آواز سن کر ادھر ادھر چھپے ہوئے کتے باہر نکل آئے اور انھوں نے مسافروں کو دیکھ کر بھونکنا شروع کر دیا، لیکن قریب آنے سے گھبرا رہے تھے۔

ایک مسافر نے انیس احمد کو سمجھایا: "آپ ہمارے ساتھ ساتھ چلیں، آگے بھاگنے کی کوشش مت کریں، ورنہ اس جنگل میں جنگلی سور اور جنگلی کتے آپ کو نقصان پہنچا سکتے ہیں۔ یہ بڑے خطرناک جانور ہیں، اکیلے انسان کو دیکھ کر حملہ کر دیتے ہیں، اس لیے ہم لوگ رات میں سفر نہیں کرتے۔ جسے بھی شہر سے آنا ہوتا ہے وہ جلد سے جلس گاؤں لوٹنے کی کوشش کرتا ہے۔ ویسے اس سرک کے بننے سے گاؤں کی آبادی اس طرف کو بڑھ رہی ہے چند برسوں میں آبادی اس سرک تک پہنچ جائے گی پھر ان جانوروں سے ہمیں اتنا خطرہ نہیں رہے گا۔

رات گئے انیس احمد کے گاؤں آنے پر ہاشم اور گھر والے سب چونک گئے۔

ہاشم نے حیرت سے پوچھا: "ارے اتنی رات کو آئے ہیں! خیریت ہے نا؟"

"شہر میں خیریت ہے۔ میں تمھارے ایکسی ڈنٹ کی اطلاع سن کر تڑپ اٹھا اور فون

سنتے ہی چلا آیا، لیکن تم بالکل خیریت سے ہو، پھر وہ فون۔۔۔"

"کون سا فون؟"

"تمھارے گھر سے ندیم نے مجھے فون پر اطلاع دی تھی کہ تمہارا خطرناک ایکسی ڈنٹ ہو گیا ہے۔" یہ کہتے ہوئے انیس احمد نے فون سے لے کر گھر تک پہنچنے کا سارا واقعہ سنا دیا۔

"ندیم! تم نے یہ کیا حرکت کی ہے؟" ہاشم نے غصے سے کہا: "تم نے ایسا بھونڈا مذاق کیوں کیا؟ یہ مذاق نہیں بد مذاقی ہے۔"

"سوری ابو! مجھ سے غلطی ہو گئی دراصل آج یکم اپریل تھی، میں نے سوچا کہ انیس انکل سے مذاق کیا جائے۔ اس بہانے ان سے ملاقات بھی ہو جائے گی، کیوں کہ کئی سال سے گاؤں نہیں آئے ہیں۔"

ہاشم نے کہا: "اگر تمھارا انکل سے ملنے کو جی چاہ رہا تھا تو مجھے بتا دیتے، میں انھیں بلا لیتا۔ اپنے پیاروں کے ساتھ حادثے کی خبر سن کر انسان بدحواس ہو جاتا ہے۔ اس بدحواسی میں اکثر ایکسی ڈنٹ ہو جاتے ہیں۔ تمھارے انکل کس طرح اور کس مصیبت میں یہاں پہنچے ہیں، تمھیں کیا معلوم۔ ان کی قسمت اچھی تھی کہ بچ گئے ورنہ تم نے انھیں مصیبت میں ڈالنے میں کوئی کسر نہیں چھوڑی تھی۔"

(۵) باکمال توتا

نازیہ انور شہزاد

نعمان اور عثمان دونوں دوست اسکول سے نکلے تو نعمان اپنے والد کے ساتھ گھر چلا گیا، جب کہ عثمان اکیلا ہی گھر کی طرف چل دیا۔ ابھی کچھ دور ہی چلا ہو گا کہ ایک جگہ اسے بچوں کا ہجوم نظر آیا۔ وہ تجسس میں وہاں گیا۔ بچوں کو ہٹا کر دیکھا تو ایک بڑے میاں زمین پر بیٹھے اپنے ہاتھوں سے کچھ ٹٹول رہے تھے اور سب بچے ان پر ہنس رہے تھے۔ وہ آگے بڑھا اور قریب پڑا چشمہ اٹھا کر صاف کیا اور ان بزرگ کی آنکھوں پر لگا دیا۔ پھر ان کی لاٹھی بھی اٹھا کر ان کے ہاتھوں میں تھما دی۔ بزرگ کپڑے جھاڑتے ہوئے کھڑے ہو گئے۔ عثمان نے سارے بچوں کو ڈانٹ کر بھگا دیا اور بولا:

"آیئے بابا جی! میں آپ کو آپ کے گھر تک چھوڑ آؤں۔"

"ارے بیٹا! تمہارا بہت بہت شکریہ، یہ بچے بلاوجہ مجھے تنگ کر رہے ہیں۔ یہاں نزدیک ہی میرا گھر ہے۔"

بزرگ چلتے چلتے بتا رہے تھے۔ پھر وہ ایک بوسیدہ سی جھونپڑی کے قریب رک کر بولے:

"بس بیٹا! یہی مجھ غریب کا ٹھکانا ہے۔"

"اچھا بابا! اجازت دیجیئے، میرے لائق کام ہو تو ضرور بتایئے گا۔" عثمان نے ادب سے کہا۔

"ٹھہرو بیٹا!" بابا جی نے عثمان کو روکا اور اندر چلے گئے۔ تھوڑی دیر بعد آئے تو ان کے ہاتھ پر ایک سبز رنگ کا توتا بیٹھا ہوا تھا۔

"لو بیٹا! یہ تمھارا انعام ہے، یہ خاص توتا ہے، جس کے پاس ہو، وہ سچ بولنے لگتا ہے۔ اگر کوئی مشکل پیش آئے تو توتا اس کا حل بھی بتا دیتا ہے۔ شرط یہ ہے کہ اسے اس توتے کی خاصیت کے بارے میں پتا نہ ہو۔"

عثمان اس عجیب و غریب توتے کے بارے میں سن کر بہت حیران ہوا۔

بابا جی نے پھر کہا: "یہ توتا میں تمھیں سونپ رہا ہوں۔ اس کی حفاظت کرنا۔ یہ تمھارے بہت کام آئے گا، مگر خبردار! جو تم نے کسی اور کو اس کے بارے میں بتایا، ورنہ لوگ اسے اور تمھیں نقصان پہچانے کی کوشش کریں گے۔ اب جاؤ، تمھارے گھر والے پریشان ہو رہے ہوں گے۔"

عثمان نے توتا لے کر شکریہ ادا کیا اور گھر کی طرف چل دیا۔

گھر والوں کو اس نے بتایا کہ یہ توتا اس نے اپنی جیب خرچ سے خریدا ہے۔ چوں کہ یہ توتا بولتا بھی تھا، اس لیے سب کو پسند آیا۔

شام کو عثمان اپنے اسکول کا کام کر رہا تھا۔ حساب کا ایک سوال بہت دشوار تھا، اسکی سمجھ میں نہ آیا۔ توتا وہی بیٹھا تھا، اس نے فوراً اس کا حل بتا دیا۔ عثمان حیران رہ گیا۔ تب سے عثمان کو توتا اور بھی عزیز ہو گیا۔ ایک دوست کی طرح وہ توتے سے باتیں کرتا۔ اس نے اپنے دوست نعمان کو بھی اپنا توتا دکھایا:

"نعمان! یہ توتا میرا بہت اچھا دوست ہے اور بہت اچھی اچھی باتیں کرتا ہے۔"

عثمان کی بات سن کر نعمان بہت حیران ہوا۔ وہ یہ تو جانتا تھا کہ توتے بولتے بھی خوب ہیں، مگر اتنی صاف زبان میں بول لیتے ہیں، یہ نہیں پتا تھا۔ نعمان نے بڑھ کر توتے کو

اپنے ہاتھ پر بٹھا لیا اور اس سے باتیں کرنے لگا۔ اچانک عثمان کو شرارت سوجھی اس نے سوچا کہ کیوں نہ اس توتے کا امتحان لیا جائے۔ چناں چہ اس نے نعمان سے مختلف سوال کرنے شروع کر دیے۔ عجیب طریقے سے نعمان نے بالکل صحیح جوابات دیے۔ اب عثمان کو یقین ہو گیا کہ واقعی بزرگ نے توتے کے متعلق صحیح کہا تھا۔ عثمان نے یہ راز صرف اپنے تک محدود رکھا۔ وہ نعمان سے کل اسکول میں ملنے کا کہہ کر توتے کے ساتھ گھر آگیا۔

گھر پہنچا تو اس کے تایا کے بیٹے سفیر آئے ہوئے تھے۔ عثمان کی سفیر بھائی سے بہت دوستی تھی۔ سفیر بھائی ایک ایمان دار پولیس آفیسر تھے۔ پورے محکمے میں ان کی ایمانداری اور سچائی کی شہرت تھی۔ ہر شخص ان سے کوئی غلط بات کرتے ہوئے ڈرتا تھا۔ عثمان کو سفیر بھائی اس لیے بھی پسند تھے کہ وہ جرائم کا ہمیشہ کے لیے خاتمہ کرنا چاہتے تھے۔ وہ اکثر چوری، ڈکیتی کی وارداتوں کی تفصیل اسے سناتے رہتے تھے۔ حسب توقع عثمان انھیں دیکھ کر کھل اٹھا: "آہا، سفیر بھائی آئے ہیں، اب کے آپ بہت دنوں بعد آئے۔" عثمان نے ان سے بڑی گرم جوشی سے ہاتھ ملایا۔

سفیر بھائی نے اسے جواب دیا: "بس کچھ مصروفیت رہی، ایک کیس نے بری طرح الجھا رکھا ہے۔ آج بھی اس علاقے میں اپنے کام سے آیا ہوں۔"

عثمان اور سفیر بھائی بات کر رہے تھے کہ توتا بول پڑا: "مجھ سے دوستی کرو گے؟"

سفیر بھائی چونک کر حیرت سے ادھر ادھر دیکھنے لگے، ان کے اس طرح دیکھنے پر عثمان ہنس پڑا اور بولا: " سفیر بھائی! میں آپ کو اپنے دوست سے ملوانا بھول گیا۔ یہ میرا پیارا توتا ہے، جو خوب باتیں کرتا ہے۔"

سفیر بھائی نے تعجب سے توتے کو دیکھا، جو مسلسل بول رہا تھا۔ اچانک عثمان نے سوچا کہ کیوں نہ وہ سفیر بھائی کو توتے کی اصلیت بتا دے۔ اس طرح یہ ملک جرائم سے پاک اور

بے مثال بن جائے گا۔ سفیر بھائی بھی سنگ دل نہیں ہیں کہ یہ مجھے اور میرے مٹھو کو مار دیں گے۔ آخر کچھ سوچنے کے بعد عثمان نے ان سے راز داری کا وعدہ لے کر حقیقت بتا دی۔ سفیر بھائی کو یقین نہیں آیا۔ پھر بھی انہوں نے کہا کہ وہ آزما کر دیکھیں گے اور کسی کو نہیں بتائیں گے۔ عثمان نے وہ توتا سفیر بھائی کو اس وعدے کے ساتھ دے دیا کہ وہ اس کی ہر طرح حفاظت کریں گے۔

اگلے ہفتے عثمان نے سفیر بھائی سے ملاقات کی اور توتے کو واپس مانگا: "سفیر بھائی! آپ میرا توتا دے دیں، جب آپ کو ضرورت ہو آپ لے لیا کریں۔"

سفیر بھائی نے اس کی طرف دیکھا اور کہا: ! عثمان! واقعی تم صحیح کہہ رہے تھے، میں تمھارے توتے کے ذریعے کافی کیس حل کر چکا ہوں اور مزے کی بات یہ کہ مجرم کو احساس بھی نہیں ہوتا کہ وہ کتنی اہم معلومات سے پردا اٹھا چکا ہے۔ میں نے ان سب مجرموں کے بیانات ریکارڈ کر لیے ہیں تا کہ کسی شک وشبہے کی گنجائش نہ رہے۔"

ان ہی دنوں شہر میں چوری کی وارداتیں بڑھ گئیں۔ موبائل فون چھیننا عام ہو گیا۔ لوگ خوف کی وجہ سے زیادہ رقم جیبوں میں نہیں رکھتے تھے۔ پولیس کے محکمے پر دباؤ ڈالا جارہا تھا کہ جلد سے جلد مجرموں کو گرفتار کر کے انھیں سزا دی جائے۔

سفیر بھائی بھی بہت پریشان تھے۔ آخر انھوں نے ایک مجرم پکڑ لیا۔ ہوا کچھ یوں کہ عثمان کے مشورے سے اور ایک منصوبے کے تحت کچھ لوگ سادہ لباس میں ایک بس میں چڑھے اور نوٹوں کی گڈیاں جیب سے نکال کر گننے لگے۔ اسی بس میں کچھ دوسرے بہادر پولیس کے جوان بھی سادہ لباس میں موجود تھے۔ وہ نوٹ گن کر رکھ چکے تھے۔ تھوڑی دیر بعد ایک آدمی نے شور مچا دیا کہ میرا موبائل چوری ہو گیا۔ اس نے سب سے کہا کہ میرے موبائل فون پر ایک بیل دے دو۔ اس نے نمبر بتایا۔ لوگوں نے ہمدردی میں نمبر

ملانے کے لیے اپنے موبائل فون جیبوں سے نکال لیے۔ اچانک وہ آدمی کھڑا ہو گیا اور پستول نکال کر سب کے موبائل اور نقدی چھیننے لگا۔ اس کے چار ساتھی پہلے ہی اس بس میں سوار تھے۔ وہ بھی اچانک کھڑے ہو گئے۔

سفیر نے بھی جھٹ سے اپنا ریوالور نکال لیا: "خبردار! اپنی جگہ سے نہیں ہلنا، تم پولیس کے نشانے پر ہو۔" اتنی دیر میں ڈرائیور نے بس روک دی۔ وہ ڈاکو بدحواس ہو کر گیٹ کی طرف بھاگے، مگر وہاں سادہ لباس میں پولیس والے پہلے ہی موجود تھے۔ سپاہیوں نے انھیں گرفتار کر لیا۔ یوں انسپکٹر سفیر نے ان کے گروہ کے اہم افراد کو پکڑ لیا۔

بعد میں مجرم نے توتے کی وجہ سے سب کچھ اگل دیا۔ اپنا نام، اڈے کا پتا اور کئی وارداتیں بھی جو اس نے دوسرے ساتھیوں کے ساتھ مل کر کی تھیں۔ کتنے ہی غریب لوگ اس کے ہاتھوں نقصان اٹھا چکے تھے۔

انسپکٹر سفیر نے اپنے ماتحتوں کے ساتھ مل کر ان کے ٹھکانوں پر چھاپے مارے۔ وہاں سے بڑی تعداد میں لوٹی ہوئی رقم، موبائل فون، زیورات وغیرہ برآمد ہوئے۔

حکومت نے انسپکٹر سفیر کو نقد انعام دیا۔ ہو جگہ ان کی شہرت ہو گئی۔ ان کی فرض شناسی، ایمانداری دیکھ کر کتنے ہی نوجوان متاثر ہو گئے اور ان جیسا بننے کی کوشش کرنے لگے۔

شام کو وہ عثمان کے گھر آئے اور عثمان سے بولے: "عثمان! یہ سب تمھاری وجہ سے ہوا ہے۔ نہ تم توتے کی خاصیتیں بتاتے، نہ میں ان مجرموں تک پہنچ پاتا۔

عثمان مسکرایا اور بولا: "سفیر بھائی! یہ آپ کی نیت کا پھل ہے۔ آپ ہی نے یہ سب کیا ہے۔ اپنی جان کو خطرے میں ڈال کر ان مجرموں کو پکڑا ہے۔ میں کیا سب ہی آپ کو خراج تحسین پیش کر رہے ہیں۔"

"تو کیا خیال ہے تو تا واپس چاہیے یا ملک کی خدمت کے لیے پیش کرو گے"

سفیر بھائی کے پوچھنے پر عثمان نے کچھ لمحے سوچا، پھر کہنے لگا: "شاید اللہ نے یہ توتا اسی لیے دیا ہے، تا کہ میں اس کے ذریعے ملک کے کام آسکوں۔" سفیر بھائی خوش ہو کر توتا اپنے ساتھ لے گئے۔

انھی دنوں ملک میں بم دھماکوں کے واقعات بڑھ گئے تھے۔ کوئی جگہ محفوظ نہ رہی تھی۔

انسپکٹر سفیر کو کسی مستند ذریعے سے خبر ملی تھی کہ آج ایک ہوائی جہاز سے جرائم پیشہ گروہ کا سرغنہ ملک سے باہر جا رہا ہے۔

انسپکٹر سفیر نے ائرپورٹ سے ایک شخص کو حراست میں لیا تھا، جو مشکوک حرکتیں کرتا ہوا پکڑا گیا تھا۔ اس شخص کو فلائٹ کے بارے میں مکمل معلومات تھیں۔ انسپکٹر سفیر نے توتے کو اس شخص کے سامنے بٹھا دیا۔ کچھ ہی دیر میں ساری معلومات حاصل ہو گئیں۔

اسی دوران مجرموں میں سے کسی نے یہ خبر اڑا دی کہ عمارت میں بم ہے۔ اس افواہ سے ائیرپورٹ پر بھگدڑ مچ گئی۔ مجرم اس بھگدڑ کا فائدہ اٹھاتے ہوئے فرار ہو رہے تھے۔ افواہ کی اطلاع پر پولیس، رینجرز کی بھاری نفری پہنچ گئی۔ انسپکٹر نے اپنی جان کی پرواہ نہ کرتے ہوئے بھاگتے مجرموں کو پکڑ لیا۔ اس اچانک صورت حال سے مجرم بدحواس ہو گئے اور ہتھیار ڈال دیے۔

دوسرے روز اخبارات انسپکٹر سفیر کے کارناموں سے بھرے پڑے تھے۔ ٹی-وی پر ان کے بارے میں خبر آرہی تھی "ملک کے جانباز انسپکٹر سفیر نے اپنی جان کی پروا نہ کرتے ہوئے ملک کے بڑے مجرموں کو ختم کر دیا۔ ایک ڈاکو کی گولی سے توتا اور انسپکٹر سفیر شہید ہو گئے۔

عثمان نے ضبط کے کڑے مراحل سے گزر رہا تھا۔ اس کا پیارا توتا اور جان سے پیارے بھائی شہید ہو گئے، لیکن سارے مجرموں کو سزا ہو گئی۔ ملک میں امن و امان قائم ہو گیا۔ عوام نے انسپکٹر سفیر کو خراج تحسین پیش کیا۔ ایک افسر کی فرض شناسی سے کتنا فائدہ ہوا۔ اگر سب ہی فرض شناس ہو جائیں تو پاکستان جنت بن جائے۔

(٦) کل کی بات

سید آصف جاوید نقوی

وہ خود انتظار کرتے کرتے اب ظفر سے استاد ظفری بن چکا تھا۔

لو ایک اور۔۔۔۔۔ جن ہاتھوں میں قلم کتاب ہونی چاہیے۔ وہ گاڑیوں کی کالک میں کالے ہوں۔ استاد ظفری نے سرد آہ بھرتے ہوئے کہا جو کہ گیراج کا چیف مکینک تھا۔ اس کی نگاہیں سات آٹھ سالہ بچے پر جم کر رہ گئیں۔ جسے کچھ دیر پہلے ہی گیراج کے مالک نے کام پر لگایا تھا۔ گو کہ ملک بھر میں چائلڈ لیبر جاری تھی۔ دوکانیں، ہوٹل، ٹھیلے فیکٹریاں غرض زندگی کا کون سا ایسا شعبہ تھا جہاں معصوم بچے محنت مزدوری نہ کر رہے تھے جن کی عمریں کھیلنے کودنے اور اسکول جانے کی تھیں لیکن گیراج پر جب بھی کوئی بچہ کام کے لیے آتا، استاد ظفری کو بڑی تکلیف ہوتی لیکن وہ ہمدردی میں سرد آہ بھرنے کے سوال کچھ کر بھی تو نہ سکتا تھا۔

آج آنے والے نئے بچے میں نجانے کیا بات تھی کہ استاد ظفری دیر تک اسے دیکھتا رہا۔ اس نے بچے کو جسے "بالا" کہہ کر تعارف کروایا گیا، کام پر لگانے کا آغاز حسب معمول گاڑیوں اور پرزوں کی صفائی سے کیا۔ بالا ہاتھ میں کپڑا پکڑے گاڑیوں کی مرمت کے لیے نکالے گئے پرزوں کو مٹی کے تیل سے دھونے لگا۔

استاد ظفری نے محسوس کیا کہ بالا دیگر بچوں کے مقابلے میں ذہین، محنتی اور زیادہ فرمانبردار ہے اور جس کام پر لگا دیا جائے خاموشی سے اپنے کام میں لگا رہتا ہے۔ اس کی

اچھی عادات کی وجہ سے استاد ظفری خصوصی دلچسپی سے اسے کام سکھانے لگا اور محبت و شفقت کا برتاؤ کرنے لگا۔ شہر بھر کے گیراجوں پر بچوں کو "چھوٹے" کہہ کر پکارا جاتا تھا لیکن استاد ظفری کو اس لفظ سے شدید نفرت تھی لہذا اس نے سختی سے اس بات کو یقینی بنا رکھا تھا کہ کسی کو چھوٹا نہیں۔۔۔۔ بلکہ اس کا نام لے کر مخاطب کیا جائے۔ بھلا وہ کیسے بھول سکتا تھا کہ جب وہ اس عمر میں پہلے دن گیراج پر آیا تھا تو اس لفظ سے اسے کتنی تکلیف پہنچی تھی۔

"بالے ذرا آٹھ نمبر کا پانہ تو دینا۔" استاد ظفری جو کہ گاڑی کے نیچے سیٹ ڈالے لیٹا ہوا گاڑی کی مرمت کر رہا تھا۔ زور سے بولا۔ دو تین بار آواز لگانے کے باوجود جب نہ تو بالا آیا اور نہ ہی جواب ملا۔ استاد ظفری گاڑی کے نیچے سے سرکتا ہوا باہر نکلا۔ متلاشی نگاہوں سے اِدھر اُدھر دیکھا۔ بالا کچھ ہی دور کھڑا سڑک کی طرف ٹکٹکی باندھے دیکھ رہا تھا جہاں ایک بچہ اسکول یونیفارم میں کندھے پر بستہ لٹکائے اپنے والد کے ساتھ چلا جا رہا تھا۔ یہ منظر دیکھ کر استاد ظفری نے افسوس سے سر جھٹکا اور خود ہی پانہ اٹھا کر دوبارہ گاڑی کے نیچے سرک گیا اور کام کرنے لگا۔

وقت گزرتا رہا۔۔۔۔ کام میں دلچسپی کی وجہ سے بالا مہینوں میں اتنا کام سیکھ گیا جتنا لوگوں نے سال بھر میں نہ سیکھا تھا۔ استاد ظفری کی سفارش پر اس کی اجرت میں بھی اضافہ کر دیا گیا تھا جس پر وہ بہت خوش تھا اور زیادہ محنت اور لگن سے کام کرتا لیکن اس معاملے میں وہ بالکل بے اختیار تھا کہ جب بھی کوئی بچہ اسکول یونیفارم میں وہاں سے گزرتا۔ بالا سب کچھ بھول کر خیالوں میں کھو جاتا اور دیر تک اسی سمت تکتا رہتا۔ استاد ظفری کبھی اس میں مداخلت نہ کرتا بس مسکرا کر اپنے کام میں مصروف ہو جاتا۔

سخت گرمی کے دن تھے۔ گیراج کے کاریگر سب مل کر کھانا کھاتے تھے۔ اب

دسترخوان بچھائے استاد ظفری کا انتظار کر رہے تھے جو کہ کام سے فارغ ہو کر ہاتھ دھونے میں مصروف تھا۔

بالا کہاں ہے؟ استاد ظفری نے بالے کو وہاں موجود نہ پا کر پوچھا۔

استاد اسے ضرور کوئی اسکول کا بچہ دکھائی دیا ہو گا۔ ایک دوسرے بچے نے شرارت سے کہا۔ وہ ابھی اور کچھ کہنا چاہتا تھا کہ استاد ظفری کے سنجیدہ چہرے کو دیکھ کر خاموش ہو گیا۔

استاد میں دیکھتا ہوں بالے کو، تم کھانا شروع کرو۔ گیراج کے ایک کاریگر نے اٹھتے ہوئے کہا تو استاد ظفری نے اسے بیٹھنے کا اشارہ کیا اور خود بالے کو دیکھنے نکلا۔

بالا ایک گاڑی سے ٹیک لگائے کتاب کے پھٹے ہوئے صفحے کو ہاتھ میں پکڑے حسرت سے دیکھ رہا تھا اور اس پر بنی تصویروں پر انگلی پھیرتے ہوئے کچھ بڑبڑا بھی رہا تھا۔ سڑک کے دوسری پار قلفی کی ریڑھی پر دو بچے اپنے بستے کندھوں سے لٹکائے قلفیاں کھا رہے تھے اور آپس میں ہنس ہنس کر باتیں کر رہے تھے۔ بالے کو خبر ہی نہ ہوئی کہ استاد ظفری اس کے بالکل قریب کھڑا اسے دیکھ رہا ہے۔ پڑھنے کی خواہش میں بالے کی آنکھیں جذبات کے آنسوؤں سے بھر چکی تھیں۔

استاد ظفری کو اپنا بچپن یاد آ گیا اور ماضی اس کی آنکھوں کے سامنے اس طرح سے آ گیا جیسے کل ہی کی بات ہو۔ وہ گیراج پر کام کے لیے وقت سے پہلے محض اس لیے نکلتا تھا کہ صبح سویرے ایک اسکول کے گیٹ میں کھڑا ہو کر اسکول کے احاطے میں ہونے والی اسمبلی کا منظر دیکھ سکے اور جب سب بچے مل کر کورس کی صورت دعا پڑھتے تو وہ بھی بے اختیار دعا میں شریک ہو جاتا۔

لب پہ آتی ہے دعا بن کے تمنا میری

زندگی شمع کی صورت ہو خدایا میری

وہ آج بھی اسکول کے بوڑھے چوکیدار کا احسان مند تھا جو اس کے لیے اسکول گیٹ کھلا رکھتا تھا تاکہ وہ بھی بچوں کی دعا میں شریک ہو سکے۔ اسمبلی کے بعد بچے اپنے اپنے کلاس روم کی طرف بڑھ جاتے اور ظفر اس امید کے ساتھ گیراج کی طرف چل پرتا کہ ہو سکتا ہے کل طلوع ہونے والا سورج اسے بھی ان بچوں میں شامل کر دے۔۔۔ لیکن غربت اس کے خوابوں کو شرمندہ تعبیر ہونے کی راہ میں ایسی حائل ہوئی کہ وہ ظفر سے استاد ظفری بن گیا۔

لب پہ آتی ہے دعا بن کے تمنا میری

لب پہ آتی ہے دعا بن کے تمنا میری

لب پہ آتی ہے دعا بن کے تمنا میری

گیراج کے کاریگر اور بچے حیرت سے یہ منظر دیکھ رہے تھے کہ استاد ظفری جو دنیا و مافیہا سے بے خبر لاشعوری طور پر یہی جملہ بار بار دہرائے جا رہا تھا۔

لب پہ آتی ہے دعا بن کے تمنا میری

بالا بھی جو چند لمحے خود اسی کیفیت سے دوچار تھا۔ استاد ظفری کی طرف حیرت سے دیکھ رہا تھا۔ پھر اچانک استاد ظفری کو احساس ہوا کہ گیراج کا سارا عملہ اس کے قریب جمع ہو چکا ہے تو اس نے قمیض کی آستینوں سے آنکھوں کو خشک کرنے کی کوشش کی جو آنسوؤں سے بے اختیار بھر چکی تھی۔

اقبال۔۔۔۔اقبال۔۔۔۔بالا حیرت سے استاد ظفری کی طرف دیکھنے لگا۔ اسے تو کبھی اس کے ماں باپ نے بھی "اقبال" کہہ کر مخاطب نہ کیا تھا اور آج استاد ظفری اسے اقبال کہہ کر پکار رہا تھا۔

ہاں بیٹا، آج سے تم اقبال ہو۔۔۔۔ بالا نہیں۔۔ میں اس اقبال کو بالا ہرگز نہیں بننے دوں گا۔ جہاں استاد ظفری کے دو بچے اسکول پڑھ سکتے ہیں وہاں ایک اور سہی تم کل سے اسکول جاؤ گے اور تمہاری پڑھائی کا خرچ میں برداشت کروں گا۔۔۔۔ بالا استاد ظفری کے چہرے کی طرف دیکھ رہا تھا جیسے وہ کوئی خواب دیکھ رہا ہو۔

(۷) سیٹھ پاپڑ والے کی تجوری

فرزانہ روحی

"بہت پاپڑ بیلے ہیں، تب جا کے یہ تجوری بھری ہے۔" یہ وہ جملہ تھا جو سیٹھ پاپڑ والے بات کے آخر میں کہتے۔ بات کسی بھی موضوع پر ہوتی، اس کا آغاز و اختتام کسی بھی انداز میں آخری جملہ وہ یہی کہتے: "بہت پاپڑ بیلے ہیں، تب جا کے یہ تجوری بھری ہے۔" تجوری کتنی بھری ہے، کوئی نہیں جانتا تھا اور نہ کسی نے تجوری کو دیکھا تھا سوائے ان کی بیگم کے۔

محلے کی عورتیں کبھی کبھار تجوری کی سن گن لینے کی کوشش بھی کرتیں یا سیٹھ جی کی تجوری کے بارے میں پوچھتیں تو ان کی دور اندیش بڑی راز داری سے جواب دیتیں: "اے کیا بتاؤں تجوری میں کیسے کیسے بیش قیمت لعل و جواہر بھرے ہیں۔ آخر بھریں کیوں نا، ہماری منی اکلوتی اولاد، سب کچھ اسی کا ہی تو ہے۔"

پھر وہ کہتیں: "اے بہن! کسی کو بتانا نہیں۔ تم سے اپنے دل کا راز کہہ دیا ہے، تمھیں اپنا سمجھ کر۔ سیٹھ جی کو پتا چلا تو بہت ناراض ہوں گے۔"

سیٹھ جی کی گھر کے قریب ہی پاپڑ کی دکان تھی۔ وہ کئی برسوں سے پاپڑ کا کاروبار کرتے تھے۔ ان کا کہنا تھا کہ پاپڑ بنانے کے تمام نسخے بھی جدی پشتی ہیں۔ اللہ نے سیٹھ جی کو بڑی منت مرادوں کے بعد بیٹی سے نوازا تھا، جو دیکھنے والوں کو کسی طرح بھی سیٹھ جی کی بیٹی نہیں لگتی تھی، اس لیے کہ سیٹھ اور ان کی بیگم سرخ و سفید رنگت کے تھے، جب کہ

بچی کی رنگت کالی تھی اور قد بھی چھوٹا تھا۔ صحت ہونے کی وجہ سے دیکھنے والے سے اسے پیٹھ پیچھے "فٹ بال" کہتے تھے۔ تب سیٹھ جی بڑے دکھی ہوتے لیکن جلد ہی خود کو سنبھال لیتے اور شکر ادا کرتے کہ وہ صاحب اولاد تو ہیں۔ منی کو چاند کا ٹکڑا قرار دیتے، اس کو تعلیم و تربیت، علم و ہنر میں یکتا بنانے کی منصوبہ بندی کرتے رہتے۔

وقت تیزی سے سرکتا چلا گیا اور منی دیکھتے ہی دیکھتے بڑی ہو گئی۔ منی نہایت فرماں بردار لڑکی تھی۔ ماں باپ جو کہتے، وہی کرتی۔ گھر میں تو اسے کبھی احساس نہ ہوا، مگر جب وہ گھر سے باہر لڑکیوں کو دیکھتی تو اسے شدت سے احساس ہوتا کہ اس کا رنگ کتنا سیاہ اور قد کتنا چھوٹا ہے۔ اس کی بعض سہیلیاں تو اسے رنگت گورا کرنے اور قد لمبا کرنے کی ترکیبیں بھی بتاتیں۔ تب سیٹھ پاپڑ والے اور ان کی بیگم اسے سمجھاتے: "اللہ کی بنائی ہوئی ہر چیز خوب صورت اور با مقصد ہوتی ہے۔ بس تم علم و ہنر میں طاق ہو جاؤ، تاکہ دنیا بھول جائے کہ تم کالی اور چھوٹے قد کی ہو، پھر لوگوں کو تمھاری خوبیاں نظر آئیں گی۔ اس طرح تم قد آور ہو سکتی ہو۔"

کبھی جب منی گھر سے باہر گئی ہوتی تو سیٹھ پاپڑ والا اپنی بیگم سے اس بات کا ذکر کرتے کہ منی کو اپنی سیاہ رنگت اور چھوٹے قد کا احساس اتنا زیادہ کیوں ہے؟

بیگم کہتیں: "کاش! تم پاپڑ کی نت نئی ترکیبیں سوچنے کے بجائے کوئی گورا کرنے والی کریم ہی بنا لیتے تو آج ہماری منی گوری ہو چکی ہوتی اور ہمارے دروازے پر رشتوں کی قطار لگی ہوتی۔"

سیٹھ جی کہتے: "اری نیک بخت! یہ گوری کالی رنگت کی فکر میں نہ گھل۔ شکر کر کہ اللہ نے منی کی شکل میں ہمیں اولاد سے نوازا ہے۔ بس تو دیکھتی جا۔ میں کیسی ترکیبیں نکالتا ہوں۔ اپنی منی کا رشتہ شہر کے سب سے اچھے گھرانے میں ہو گا۔ بس تو اس کی اچھی

تربیت کرتی جا، دور دور تک ہماری منی کی سیرت و کردار کا شہرہ ہونا چاہیے۔"

منی خوب دل لگا کر پڑھتی۔ اسے گھر داری کا بھی شوق تھا۔ سلائی کڑھائی بھی خوب کرتی۔ اس نے اپنی ماں سے تمام ہنر جو انھیں آتے تھے، سیکھ لیے۔ ماں نے اسے جدید دور کے ہنر سیکھنے کا بھی مشورہ دیا، تاکہ وہ کسی معاملے میں اوروں کی محتاج نہ رہے۔ چھوٹی عمر میں ہی اس نے بہت کچھ سیکھ لیا۔ جب منی نے انٹر کا امتحان امتیازی نمبروں سے پاس کر لیا تو سیٹھ جی پھولے نہیں سما رہے تھے۔ وہ اپنی دکان پر آنے والے بچوں، بڑوں میں مٹھائی تقسیم کرتے: "لو بھئی! منھ میٹھا کرو۔ اپنی منی بارھویں پاس ہو گئی ہے۔" خوش ہونے والوں میں کچھ خوش ہوتے، باقی طرح طرح کے مشورے دے کر چلے جاتے۔ زیادہ تر کا اصرار تھا کہ اب جلد از جلد لڑکی کے ہاتھ پیلے کر دو۔ بعد میں کوئی نہیں پوچھے گا۔ ویسے بھی کون سی خوب صورت ہے۔

اس طرح کی باتیں سن کر سیٹھ پاپڑ والے قدرے فکر مند بھی ہوئے۔ شام کو جب وہ گھر لوٹے تو منی نے بتایا کہ اس نے امتیازی نمبروں سے انٹر پاس کیا ہے، لہذا میڈیکل کالج میں اس کا داخلہ آسانی سے ہو جائے گا۔ سیٹھ جی کا منھ حیرت سے کھلا رہ گیا۔ انھوں نے تو سوچا بھی نہ تھا کہ منی اتنا آگے جا سکتی ہے۔

پھر بھی حوصلہ شکنی کرنے والوں اور مذاق اڑانے والوں کی دنیا میں کمی نہ تھی۔ لوگ کچھ نہ کچھ کہہ جاتے۔ تب سیٹھ جی کی آنکھیں چمک اٹھتیں، وہ کہتے: "میں نے تو اپنی منی کے لیے تجوری بھر رکھی ہے۔ کیا کمی ہے اس میں۔ ایک دن ایسا آئے گا کہ شہر بھر میں اس جیسا نامور کوئی نہ ہو گا۔"

پھر سیٹھ جی تنہائی میں بیٹھ کر آنسو بہا بہا کر اللہ سے دعائیں مانگا کرتے کہ ان کی باتوں کی لاج رہ جائے۔

وقت پر لگا کر اڑتا رہا اور منی بچوں کے امراض کی ماہر بن گئی۔ لوگ دبے دبے لہجے میں کہتے کہ منی تو ڈاکٹر بن چکی ہے، اب اس کی شادی کر دو۔ پھر وہ الٹے سیدھے رشتے بتاتے اور کہتے، منی کی شکل کون سی اچھی ہے کہ اس کے لیے شہزادے کا رشتہ لائیں۔

یہ باتیں سن کر سیٹھ پاپڑ والا دکھی تو ہوتے، مگر فوراً کہتے: "بہت پاپڑ بیلے ہیں، تب جا کے تجوری بھری ہے۔"

آخر ایک دن اللہ نے سیٹھ جی کی سن ہی لی۔ شہر کے ایک بڑے تاجر نے اپنے بیٹے کے لیے منی کا رشتہ مانگا۔ پہلے تو سیٹھ پاپڑ والا خوش ہوئے، پھر سوچ میں پڑ گئے کہ انھوں نے آخر منی کا ہی رشتہ کیوں طلب کیا ہے۔ بیگم نے مشورہ دیا کہ بات چیت آگے بڑھاؤ تو پتا چلے گا کہ آخر ان کے لیے منی ہی کیوں؟ بہر کیف یہ جلد ہی معلوم ہو گیا کہ اس تاجر کو سیٹھ پاپڑ والا کی تجوری میں دل چسپی ہے، جو کسی نے نہیں دیکھی اور بقول ان کی بیگم کے کہ تجوری قیمتی ہیرے موتی سے بھری پڑی ہے۔

سیٹھ جی جب اپنی بیگم کے ساتھ تاجر کے گھر گئے تو تاجر سے کہا: "جناب! لوگ کہتے ہیں کہ تمھاری بیٹی بد صورت ہے، اس لیے میں نے سوچا کہ میں اپنی تجوری بھر لوں، تا کہ مال و زر کے زور پر بیٹی کی اچھی جگہ شادی کر دوں، لیکن اللہ نے مجھ پر ایسا کرم کیا کہ منی علم و ہنر میں یکتا ہو گئی اور اب ایک مشہور ڈاکٹر ہے، لہذا علم کی دولت کے آگے روپے پیسے کی اہمیت نہیں ہے۔ اب میری منی خود لعل و جواہر کی طرح چمک رہی ہے اور میں نے سنا ہے کہ آپ کو میری تجوری سے زیادہ دل چسپی ہے۔ اس کے ساتھ آپ میری منی کو اپنے خوب صورت بیٹے کے عقد میں لینے کے لیے تیار ہیں۔ میں آپ سے عرض کرنے آیا ہوں کہ آپ کا اور میرا کوئی جوڑ نہیں ہے۔ پھر بھی میرے خیال میں آپ نے میرے گھر رشتہ بھیج کر میری عزت افزائی کی ہے، لہذا میں آپ کی خدمت میں منی کے بغیر اپنی

تجوری پیش کرنے کو تیار ہوں۔"

تاجر اور اس کی بیوی سیٹھ پاپڑ والے کی گفتگو سن کر ایک دوسرے کا منھ تکنے لگے۔ ان کی سمجھ میں نہیں آ رہا تھا کہ وہ سیٹھ پاپڑ والے کو کیا جواب دیں۔

سیٹھ جی خود ہی اٹھتے ہوئے بولے: "میں کل ہی آپ کو تجوری بھجوا دوں گا، مگر افسوس کہ منی کا رشتہ نہیں دے سکتا۔"

سیٹھ جی کی بیگم ہکا بکا رہ گئیں اور راستے بھر اچھا رشتہ گنوانے پر انھیں کوستی ہوئی آئیں، جب کہ سیٹھ جی بس یہی کہتے رہے: "بہت پاپڑ بیلے ہیں، تب کہیں جا کر تجوری بھری ہے۔"

ابھی سیٹھ پاپڑ والے گھر پہنچ بھی نہیں پائے تھے کہ انھیں فون آیا کہ وہ شادی کی بات چیت آگے بڑھائیں۔ ہمیں تجوری نہیں آپ کی بیٹی منی چاہیے، اس لیے کہ اللہ کا دیا ہمارے پاس پہلے ہی بہت کچھ ہے۔ دراصل ہم یہ دیکھنا چاہتے تھے کہ طویل عرصے سے آپ کی تجوری کا جو چرچا تھا، آپ اسے اہم سمجھتے ہیں یا کہ اپنی منی کو۔ آپ کی تجوری آپ کو مبارک ہو، ہمارے لیے تو سب کچھ آپ کی منی ہی ہے۔"

سیٹھ پاپڑ والا الٹے قدموں دوڑے اور اس تاجر کے دروازے پر جا کر سانس لیا اور منی کی شادی پکی کر آئے۔ ان کی بیگم کچھ سمجھنے سے قاصر تھیں کہ سیٹھ جی نے اتنی جلدی کیوں کی۔ گھر پہنچ کر سیٹھ پاپڑ والے نے تاجر کو دوبارہ فون کیا کہ وہ ایک بار پھر سوچ لیں، کیوں کہ انھیں تجوری بھی مل سکتی ہے اور منی سے اچھی بہو بھی، مگر تاجر بضد تھا کہ اسے منی ہی کو اپنی بہو بنانا ہے۔

جلد ہی منی کی شادی دھوم دھام سے ہو گئی۔ سیٹھ پاپڑ والے بہت خوش تھے کہ لوگوں نے انھیں منی کی شکل وصورت کی طرف سے جتنا ڈرایا تھا، وہ سب غلط نکلا اور منی کا

علم و ہنر کام آیا۔ اب وہ شہر کے مشہور تاجر کی بہو اور انجینیر کی بیوی تھی۔ منی کی شادی کے کافی عرصے بعد بھی سیٹھ پاپڑ والا اپنی تجوری سنبھالے بیٹھے رہے کہ شاید کسی دن منی کے سسرال والوں کی جانب سے تجوری کا تقاضا ہو جائے، مگر ایسا نہ ہوا۔ منی بہت خوش تھی۔ سیٹھ جی کبھی کبھار منی سے پوچھتے: "منی! کسی نے کبھی تم سے پوچھا نہیں کہ تجوری میں کتنا مال ہے؟"

منی: "نہیں ابا! وہاں تو پہلے ہی بہت کچھ ہے۔"

سیٹھ جی کہتے: "بس اب میں سکون سے مر سکتا ہوں۔"

پھر ایک دن سیٹھ جی مر گئے۔ ان کی موت کے بعد ان کی بیگم نے وہ تجوری اس تاجر کے حوالے کرتے ہوئے کہا کہ سیٹھ پاپڑ والے نے نصیحت کی تھی کہ اسے آپ کے حوالے کر دیا جائے۔ تاجر نے سب کے سامنے تجوری کھولی۔ تجوری میں طرح طرح کے کاغذات بھرے ہوئے تھے، جس میں قسم قسم کے پاپڑ بنانے کے قدیم نسخے اور منی کے علم و ہنر کی تفصیلات درج تھیں اور اسے اچھی اچھی نصیحتیں کی گئی تھیں۔ مال و زر کے نام پر ایک دھیلا تک نہ تھا۔

تاجر نے کہا: "یہ تجوری ایک باپ کی اپنی بیٹی سے والہانہ محبت کا ثبوت ہے۔"

پھر اس کی آنکھیں بھیگ گئیں۔

(۸) قطرہ قطرہ دریا
نازیہ انور شہزاد

یہ چار کمروں اور بڑے سے صحن والا ایک گھر ہے۔ یہاں جہاں آرا بیگم اپنے دو بیٹوں اور ان کے بیوی بچوں کے ساتھ رہتی ہیں۔ بڑے بیٹے فرقان اپنی بیوی اور دو پیاری سی جڑواں بیٹیوں کے ساتھ اوپر کی منزل میں رہتے ہیں۔ فراز اپنی بیوی شائستہ اور تین بیٹوں شجاع، دانش اور بلال کے ہمراہ رہتے تھے۔ جہاں آرا بیگم نیچے رہتی تھیں۔ عرصہ ہوا، دانش کے فوجی دادا دوران جنگ شہید ہو چکے تھے۔ دادی جہاں آرا بیگم فخر سے بتاتی تھیں کہ میں ایک شہید کی بیوہ ہوں۔ انہوں نے اپنے دونوں بیٹوں کو مرحوم شوہر کی خواہش پر فوج میں ہی بھرتی کرایا تھا۔ ان کا کہنا تھا کہ زندگی ایک ہی بار ملتی ہے، اگر اسے اللہ کی راہ میں قربان کر دیا جائے تو اس سے بڑھ کر خوش نصیبی اور کیا ہو گی۔

ایک دن شجاع اور بلال اسکول سے گھر آئے تو ان دونوں کے منہ پھولے ہوئے تھے۔ شائستہ بیگم نے آگے بڑھ کر پوچھا: "کیا ہوا؟ کیا اسکول سے مار کھا کر آ رہے ہو؟"
شجاع بولا: "امی جان! آپ دانش کو سمجھا کر اسکول بھیجا کریں۔ وہ روزانہ ہماری بے عزتی کروا دیتا ہے۔" بلال نے بھی اس کی ہاں میں ہاں ملائی۔
امی نے پوچھا: "مگر ہوا کیا ہے۔ اور دانش کہاں ہے؟"
شجاع نے بتایا: "صبح جب ہم اسکول پہنچے تو گیٹ کے پاس ایک میلی کچیلی سی بڑھیا بیٹھی ہوئی تھی۔ اس کے کپڑے بھی گندے اور بدبو دار تھے۔ دانش نے اسے دیکھا تو فوراً

اپنا لنچ بکس نکالا اور بڑھیا کے حوالے کر دیا۔ سارے بچے اس پر ہنس رہے تھے۔ سب نے دانش کا خوب مذاق اڑایا، جس کی وجہ سے ہم بھی شرمندہ ہوئے۔"

شائستہ بیگم کو بھی غصہ آگیا اور وہ بولیں: "آنے دو ذرا اسے۔ اس کے تو میں خوب کان کھینچوں گی۔ چلو، تم دونوں کپڑے بدلو، میں کھانا لگا رہی ہوں۔" یہ کہہ کر وہ کچن میں چلی گئیں۔

تھوڑی دیر بعد دانش گھر آگیا۔ بلال نے اونچی آواز میں کہا: "آ گئے لاٹ صاحب!"

شائستہ بیگم نے کمرے میں داخل ہوتے ہی دانش سے پوچھا: "کیوں بھئی! یہ کیا سن رہی ہوں میں۔ تمہیں ہماری عزت کا ذرا احساس نہیں ہے، اتنے مہنگے اسکول میں تمہیں پڑھانے کا کوئی فائدہ بھی ہے یا نہیں؟"

دانش حیرت سے انہیں دیکھ رہا تھا: "مگر میں نے کیا کیا ہے امی جان؟"

شجاع نے طنزیہ انداز میں کہا: "معصوم تو ایسے بن رہے ہو جیسے تم نے کچھ کیا ہی نہ ہو۔"

دانش سمجھ گیا کہ صبح والی بات یہاں بھی پہنچ گئی ہے۔ اس نے کہا: "اوہو امی! میں نے کوئی غلط کام تو نہیں کیا۔ کسی مجبور کی تھوڑی بہت مدد کرنے سے ہمارا کیا جاتا ہے؟"

شائستہ بیگم نے تنک کر کہا: "لیکن خود تو بھوکے رہے نا۔"

"میں نے جو کیا، صحیح کیا ہے۔" یہ کہہ کر دانش اپنے کمرے میں چلا گیا۔

دانش نے احتجاجاً دوپہر کا کھانا نہیں کھایا۔ جب لاکھ کہنے پر بھی وہ رات کے کھانے کے لیے نہیں آیا تو جہاں آرا بیگم نے سب کو ڈانٹا کہ کیوں دانش کے پیچھے پڑ گئے ہو۔ پھر خود جا کر اپنے ہاتھوں سے نوالے بنا بنا کر کھانا کھلایا۔ کھانا کھا کر دانش دادی کی گود میں سر رکھ کر لیٹ گیا۔ دادی پیار سے اس کا سر سہلانے لگیں۔ دانش نے پوچھا: "دادی! کیا

ضرورت مندوں کی مدد کرنا بری بات ہے؟"

دادی نے اس کی پیشانی چوم لی اور بولیں: "نہیں میرے بچے! یہ تو بہت اچھی بات ہے۔ تم بہت اچھا کرتے ہو، جو دوسروں کے کام آتے ہو۔ تم کسی کی پرواہ مت کرو۔ لوگ تو پتا نہیں کیا کیا کہتے رہتے ہیں۔"

دادی کے سمجھانے پر دانش پر سکون ہو گیا۔ وہ بچپن سے ہی ایسا تھا، ہر کسی کے کام آ کر اسے بڑا سکون ملتا، مگر اس کے دونوں بھائی اس بات پر اسے امی سے ڈانٹ پڑواتے تھے، مگر وہ پھر بھی باز نہیں آتا۔ اسی طرح دوسروں کی مدد کرتے اور تعلیمی میدان میں کامیابی کے ساتھ آگے بڑھتے ہوئے دانش جوان ہو گیا۔ اس کے والد ریٹائر ہو چکے تھے۔ دانش کی عادتیں اور مزاج اب بھی ویسا ہی تھا۔ شجاع، بلال اور دانش نے اپنی اپنی تعلیم مکمل کر لی تھی اور اب وہ اچھی نوکری کی تلاش میں تھے۔ شجاع اور بلال کو اپنی تعلیم پر بہت غرور تھا، اسی وجہ سے وہ چھوٹی موٹی نوکریاں خاطر میں نہیں لاتے تھے، جب کہ دانش کا نظریہ مختلف تھا۔ وہ کہتا تھا کہ شروعات ہمیشہ تھوڑے سے ہوتی ہے۔ انسان زینہ بہ زینہ چڑھ کر ہی اوپر پہنچتا ہے اور جو لوگ ایک ہی چھلانگ میں اوپر پہنچنے کی کوشش کرتے ہیں وہ اپنے مقصد میں کبھی کام یاب نہیں ہوتے۔

دانش کے والد کو ریٹائرمنٹ پر جو روپے ملے تھے وہ سب دادی کی بیماری پر خرچ ہو گئے، جس کی وجہ سے وہ کوئی کاروبار بھی نہ کر سکے تھے۔ گھر میں مالی تنگی ہونے لگی، تب ایک دن دانش نے کہا: "امی جان! اگر آپ اجازت دیں تو میں ٹیکسی چلا لوں؟ میرے ایک دوست کے پاس ٹیکسی ہے۔ میں اس سے ٹیکسی لے کر چلا لوں گا۔"

شجاع نے تیز آواز میں کہا: "کوئی ضرورت نہیں ہے۔ ویسے ہی تمھاری وجہ سے ہمیں اتنی شرمندگی اٹھانی پڑتی ہے اور اب تم ڈرائیوری کر کے خاندان میں ہماری ناک

کٹواؤ گے۔" بلال نے بھی شجاع کی تائید کی۔ بلال کی امی بے بسی سے اسے دیکھتی رہ گئیں، کہتی تو کیا کہتیں، کیونکہ یہ سب انہی کی تربیت کا نتیجہ تھا۔ کچھ دن اور گزر گئے۔ دانش، شجاع اور بلال روزانہ نوکری کی تلاش میں جاتے، مگر مایوس لوٹ آتے۔ آخر نوبت یہاں تک آگئی کہ ایک وقت میں دال پکتی تو دو وقت چلانی پڑتی۔ آخر ایک دن شائستہ بیگم بے بسی کے عالم میں فراز صاحب کے سامنے رو پڑیں: "میں کیا کروں، کہاں سے پکاؤں؟ اب تک تو میں نے اپنا زیور وغیرہ بیچ کر گھر چلایا، مگر اب تو ذرا بھی پیسے نہیں ہیں۔"

ان کی باتوں سے فراز صاحب بھی دکھی ہو گئے اور بولے: "بیگم! سمجھ میں نہیں آتا کہ ہمارے گھر کو کس کی نظر لگ گئی ہے۔ اب تو کسی سے ادھار مانگتے ہوئے بھی شرم آتی ہے۔"

وہ دونوں اس بات سے بے خبر تھے کہ دانش ان کی باتیں سن رہا ہے۔ اچانک دانش نے ایک فیصلہ کیا اور باہر نکل گیا۔ رات کے ایک بجے لوٹا تو فراز صاحب اور شائستہ بیگم نے اسے خوب ڈانٹا۔ شجاع اور بلال بھی باتیں سنا رہے تھے کہ ہم نوکریاں ڈھونڈ رہے ہیں اور یہ صاحب آوارہ گردی کر رہے ہیں۔

دانش نے چپ چاپ سب کی باتیں سنیں اور پھر جیب میں سے سو سو کے تین نوٹ نکال کر ماں کے ہاتھ پر رکھ دیے۔ وہ سب حیران رہ گئے کہ اس کے پاس پیسے کہاں سے آئے، کیوں کہ وہ تو بس کے کرائے کے لیے بھی ماں سے پیسے مانگتا تھا۔ شائستہ بیگم نے شک بھری نظروں سے اسے گھورتے ہوئے کہا: "کہاں سے آئے یہ نوٹ، کہیں چوری تو نہیں کی؟"

دانش نے سعادت مندی سے سر جھکا کر کہا: "امی جان! یہ پیسے میری حلال کی کمائی کے ہیں۔ میں نے ٹیکسی چلا کر یہ پیسے کمائے ہیں اور جب تک مجھے کوئی نوکری نہیں مل

جاتی میں یہ کام کرتا رہوں گا، کیوں کہ ہمارے پیارے بنی صلی اللہ علیہ وسلم محنت کو پسند فرماتے تھے۔"

فراز صاحب نے آگے بڑھ کر دانش کو گلے سے لگا لیا اور کہا: "مجھے فخر ہے تم پر۔ اللہ تمہارے جیسی اولاد سب کو دے۔"

شجاع اور بلال شرمندہ ہوگئے۔ آج انہیں اپنی غلط سوچ کا بہت احساس ہوا۔ گھر میں اتنی تنگی ہوگئی، مگر بہترین کی تلاش میں وہ بہتر بھی چھوڑتے چلے گئے۔ اگر وہ کوئی چھوٹی موٹی نوکری کر بھی لیتے تو کم از کم آج ان کے پاس تجربہ تو ہوتا۔ کچھ ہی دنوں بعد بلال اور شجاع نے بھی مناسب سی نوکریاں تلاش کرلیں۔ پھر ایسا وقت بھی آگیا کہ اپنے ماں باپ کی دعاؤں کے طفیل وہ ترقی کے زینے چڑھتے چلے گئے۔ دیر سے ہی صحیح، مگر ان کی سمجھ میں آگیا تھا کہ قطرہ قطرہ کر کے دریا بھی بن سکتا ہے۔

(۹) سایہ دار، ثمر بار

حسن ذکی کاظمی

"سایہ دار" اور "ثمر بار" دیر سے روئے جارہے تھے۔ وہ اتنا روئے کہ ان کے آس پاس کی ساری زمین بھیگ گئی۔ وہ جتنا روتے کم تھا۔ پینسٹھ ستر سال کی دوستی اور پڑوس ختم ہو رہا تھا۔ انھیں ایک ساتھ لگایا گیا تھا۔ وہ ایک ساتھ اگے۔ ایک ساتھ بڑھے، کتنی ہی بہاریں اور خزائیں ان پر گزریں۔ کتنے ہی گرمی اور سردی کے موسم انھوں نے جھیلے۔ خزاں آتی تو ایک دوسرے کو تسلی دیتے۔ بھلا ڈرنے کی کیا بات ہے۔ ہمارا کیا بگاڑ لے گی۔ چند روز میں ہی خود ہی چلی جائے گی۔ بہار آتی تو خوش ہوتے۔ کونپلیں پھوٹیں گی، ہم پتوں کا نیا لباس پہنیں گے۔"

اپنے سائے میں سستانے والوں کو ٹھنڈی ہوا کا پنکھا جھلیں گے۔ گرمی آتی تو خوب خوش ہوتے۔ کیسی رونق ہو گی۔ جھولے پڑیں گے۔ بچے بالے جمع ہوں گے، پکوان پکیں گے۔ گیت گائے جائیں گے۔ یہ موسم ثمر بار کے لیے خاص اہمیت رکھتا تھا۔ وہ پھلوں سے لد جاتا۔ بچے اسے کیسی للچائی ہوئی نظروں سے دیکھتے تھے۔ جب وہ موڈ میں ہوتا تو انگڑائی لے کر ڈھیروں پھل زمین پر ٹپکا دیتا اور بچے انھیں چننے کے لیے دوڑ پڑتے۔ ثمر بار کو یہ منظر بڑا اچھا لگتا۔ بچوں کو اچھلتا کودتا دیکھ کر وہ سبحان اللہ، ماشاء اللہ کا ورد شروع کر دیتا۔ سایہ دار پھلوں کی نعمت سے تو محروم تھا، لیکن اس کی گھنی چھاؤں کی دور دور تک دھوم تھی۔ جھولے تو دونوں کی ہی شاخوں پر پڑتے تھے، لیکن سستانے اور ٹھنڈی ہوا کا مزہ

لینے لوگ سایہ دار کے نیچے لیٹتے اور بیٹھتے تھے۔ سردی آتی تو بھی سایہ دار اور ثمر بار کو کوئی غم نہ ہوتا۔ ہاں بس ذرا رونق کم ہو جاتی تھی۔ تھوڑا سا دل گھبرانے لگتا تھا۔ خیر۔

سایہ دار کا دل ہلکا ہوا تو ثمر بار سے کہنے لگا: "ثمر بار! تو کیا یہ ان کا آخری فیصلہ ہے؟"

ثمر بار نے جواب دیا: "پکا اور آخری فیصلہ۔ دراصل تم تو اس وقت اونگھ گئے تھے جب محکمے کے دو تین افسر تمھارے سائے میں کھڑے باتیں کر رہے تھے۔ میں سن رہا تھا انھوں نے کہا کہ کہیں باہر سے مشینیں منگوائی ہیں۔ وہ پہنچ جائیں تو ہم سمیت آس پاس کے درختوں کو یہاں سے اکھاڑ کر کسی دوسری جگہ لگایا جائے گا تاکہ سڑک چوڑی کرنے کا کام شروع ہو سکے۔

یہ کہہ کر ثمر بار خاموش ہو گیا اور سایہ دار بھی چپ کھڑا رہا۔ دونوں کو ایک تو یہ غم تھا کہ پتا نہیں انھیں اب کہاں لے جایا جائے گا؟ دونوں ایک جگہ اور قریب قریب لگائے جائیں گے یا دور دور؟ پھر کبھی ملاقات ہو گی یا نہیں؟ دوسرا غم یہ بھی تھا کہ وہ اس ماحول سے دور چلیں جائیں گے۔ نہ ان کے سائے میں وہ بیٹھنے والے ہوں گے، نہ کھیلنے کودنے والے۔ سب بچھڑ جائیں گے۔

اچانک سایہ دار بولا: "بھائی ثمر بار! کیا یہ اچھا نہ ہوتا کہ محکمے والے ہمیں کاٹ ہی ڈالتے۔ قصہ تمام ہو جاتا۔ جدائی کے یہ غم تو نہ سہنے پڑتے۔"

ثمر دار نے تسلی دیتے ہوئے کہا: "نہیں دوست۔ دل چھوٹا نہ کرو، اللہ تعالیٰ جو کرے گا بہتر کرے گا۔ زندگی کی قدر کرنا سیکھو اور اس کا شکر ادا کرو کہ اب سائنس دانوں نے ایسے اچھے طریقے دریافت کر لیے ہیں کہ ہمیں پوری حفاظت سے ایک جگہ سے اکھاڑ کر دوسری جگہ لگایا جا سکتا ہے۔ یہ تو ہماری پوری برادری کے بھلے کی بات ہے۔ ہمیں خوش ہونا چاہیے۔ بس یہ دعا کرو کہ ہم دونوں کو پھر ایک دوسرے کے برابر برابر لگا

دیا جائے اور وہ جگہ بھی اچھی ہو۔

سایہ دار نے زور سے کہا: "آمین۔" اور پھر کچھ سوچ کر بولا: "بھائی! ہمارا اتنا لمبا ساتھ رہا، اتنے عرصے میں ہو سکتا ہے تمھیں میری کوئی بات بری لگی ہو تو میرے بھائی! مجھے معاف کر دینا۔"

ثمر بار ہنسا اور کہنے لگا: "واہ میرے پیارے دوست! ارے بوڑھا ہونے کو آیا، لیکن باتیں ابھی تک بچوں والی ہیں۔ میرے دوست! تیری کون سی بات بری لگ سکتی ہے۔ تیرا مزاج تو ایسا ٹھنڈا ہے۔ ایسا ٹھنڈا جیسے تیری چھاؤں۔"

ایک بار پھر سایہ دار کے آنسو بہنے لگے۔ اسے اپنی آواز پر قابو نہ رہا۔ بڑی کوشش کے بعد بولا: "میں نے ہمیشہ ہر بچے بڑے کو یہ کہتے سنا کہ ایسا میٹھا پھل کسی اور پیڑ کا نہیں۔ ظاہر ہے کہ میں تیرے پھل کا مزہ تو نہیں چکھ سکا، لیکن تیری باتوں میں جو مٹھاس ہے، جو پیار ہے، اس نے مجھے یقین دلا دیا کہ تیرے پھل یقیناً بڑے میٹھے ہوں گے۔ کیسا اچھا وقت گزرا ہے تیرے ساتھ۔ کیا بات کہی ہے کسی نے کہ اچھا پڑوسی اللہ کی بہت بڑی نعمت ہے۔"

ثمر بار اپنی تعریف پر کچھ شرما سا گیا اور اس نے باتوں کا رخ موڑا: "بھائی سایہ دار! اپنی باتیں تو ہوتی ہی رہیں گی، لیکن مجھے خیال آ رہا ہے کہ اپنی زندگی میں ہم نے کیسے کیسے ہیرا انسانوں کو دیکھا، ان کی باتیں سنیں اور ان کے کردار کی جھلک دیکھی۔ اب ہم جائیں تو یادوں کا ایک خزانہ ساتھ لے جائیں گے۔"

سایہ دار بولا: "خوب یاد دلا تم نے۔ اچھا سنو، تمھیں وہ ماسٹر جی یاد ہیں، جو سامنے والے گاؤں میں رہتے تھے۔ جہاں اب وہ نئی بستی بسائی گئی ہے، گل رنگ۔"

ثمر بار ہنسا: "لو کمال کر دیا تم نے۔ ارے ماسٹر جی کو بھولنے کا تو سوال ہی پیدا نہیں

ہوتا۔ فرشتہ صفت انسان، جسم پر پیوند لگا، لیکن صاف لباس۔ جوتے بھی پیوند لگے۔ کمزور جسم، لیکن چہرہ رعب دار۔ ظاہر میں غریب لگتے تھے۔ لگتے کیا تھے حقیقت میں تھے بھی بہت غریب۔ مڈل اسکول کے ماسٹر کی تنخواہ میں اپنا، بیوی بچوں کا اور بوڑھے ماں باپ کا پیٹ پالتے تھے۔ ہمیں کیا پتا تھا گاؤں کے لوگ ہی تمھارے سائے میں بیٹھ کر کہتے تھے کہ غریب اپنی جگہ، لیکن انھوں نے آج تک ایسا نیت سیر اور خود دار آدمی نہیں دیکھا۔"

سایہ دار نے خوش ہو کر کہا: "واقعی ماسٹر جی ہیرا آدمی تھے۔ کتنی بار لوگ ان کے پاس یہاں آئے اور انھیں اپنی حثیت کے مطابق کوئی رقم یا تحفہ دیتے ہوئے کہا: "آپ ذاتی وقت میں گرمی سردی برسات میں یہاں درخت کے نیچے بیٹھ کر ہمارے بچوں کو پڑھاتے ہو، اتنی زحمت کرتے ہیں، یہ معمولی سا نذرانہ قبول کر لیں۔" ماسٹر جی بڑی محبت سے ان کا ہاتھ دباتے اور شکریہ ادا کر کے کہتے: "بھائیو! بات یہ ہے کہ مجھے اسکول سے جو تنخواہ ملتی ہے وہ میرے لیے کافی ہے۔ یہ جو میں خالی وقت میں ان بچوں کو درخت کے نیچے جمع کر کے تھوڑا سا پڑھا دیتا ہوں، یہ نہ ان پر احسان ہے نہ آپ لوگوں پر۔ میں نے سنا ہے کہ جو تھوڑا سا علم تمھیں اللہ تعالیٰ نے دیا ہے اسے چھپا کر نہ رکھو۔ دوسروں میں تقسیم کرتے رہو۔ جتنا بانٹو گے یہ اتنا ہی زیادہ ہو گا۔ تو بھائیو! یہ جو میں بچوں کو پڑھاتا ہوں، یہ اپنے ہی بھلے کے لیے پڑھاتا ہوں۔ پھر بتاؤ کہ معاوضہ کس بات کا لوں؟"

ثمر بار کو کچھ یاد آیا، کہنے لگا: "ارے بھائی" تمھیں وہ یاد نہیں کہ کبھی کبھی کوئی بچہ گھر سے کوئی مزے دار چیز لے آتا۔ ماسٹر جی کھانے سے پہلے ہی اس کی تعریف کرنے لگتے اور کہتے: "لو بھئی بچو! سب نہر سے ہاتھ دھو کر آجاؤ، تھوڑا تھوڑا چکھ لو۔"

وہ بچہ احتجاج کرتا: "ماسٹر جی! یہ تو میں اس لیے لایا ہوں کہ آپ گھر لے جائیں اپنے بچوں کے لیے۔"

ماسٹر جی ہنس کر کہتے: "بے وقوف! تم سب میرے بچے نہیں ہو کیا؟ مجھے اس سے خوشی ہو گی کہ سب مل کر کھاؤ۔ واہ ماسٹر جی وا!"

یہ کہہ کر ثمر بار گہری سوچ میں ڈوب گیا، لیکن سایہ دار بولنے کے لیے بے تاب تھا۔ کہنے لگا: "دوست! مجھے تو وہ دن نہیں بھولتا جب زمیندار صاحب بڑی شان سے اپنی گاڑی پر ادھر سے گزرے اور میرے سائے میں لگی ہوئی ماسٹر جی کی کلاس دیکھ کر گاڑی سے اتر آئے۔ ماسٹر جی کی بہت تعریف کی۔ کہنے لگے: "ماسٹر جی! آپ بڑا نیک کام کر رہے ہیں۔ میں چاہتا ہوں کہ آپ کی خدمت کروں۔" یہ کہہ کر انھوں نے اپنی شیروانی کی جیب سے نوٹوں کی ایک موٹی سی گڈی نکالی اور ماسٹر جی کی طرف بڑھاتے ہوئے بولے: "اس وقت میری طرف سے یہ قبول کیجیے اور کوئی خدمت میرے لائق ہو تو ضرور بتائیں۔" ماسٹر جی نوٹوں کی گڈی دیکھ کر ایک دم ڈر کر پیچھے ہٹ گئے، جیسے نوٹ نہ ہوں سانپ بچھو ہوں۔ پھر کہنے لگے: "زمیندار صاحب! یہ بڑی بات ہے کہ آپ اپنے گاؤں کے بچوں کی تعلیم سے خوش ہیں۔ اللہ بہتر جانتا ہے کہ مجھے کچھ نہیں چاہیے۔ اگر آپ کچھ کرنا چاہتے ہیں تو اسکول کی عمارت ٹھیک کرا دیں اور بچوں کی سہولت کے لیے کچھ چیزیں وہاں دے دیں۔"

ثمر بار نے ایک آہ بھری اور بولا: "ہائے ہائے کیا اچھے لوگ تھے۔ مجھے بھی یہ بات اچھی طرح یاد تھی۔ تم نے اس وقت دہرائی تو یادیں تازہ ہو گئیں، مجھے یہ بھی یاد ہے کہ اس وقت تو زمیندار صاحب کچھ کہے بغیر ماسٹر جی سے ہاتھ ملا کر چل دیے، لیکن انھوں نے ماسٹر جی کے کہنے پر اتنی رقم اسکول پر لگائی جس کی ماسٹر جی کو امید نہ تھی۔ دونوں ہی بھلے لوگ تھے۔"

سایہ دار نیند میں جھومنے لگا۔ ثمر بار نے چڑ کر کہا: "ایک تو تمھاری نیند نے تنگ کر

دیا ہے۔ ہر وقت سوئے جاتے ہو۔ خیر۔ اچھا شب بخیر۔"

دوسرے دن صبح سویرے پھر سے باتیں شروع ہو گئیں: "ارے سایہ دار! وہ بڑے میاں یاد ہیں جو پوٹلی میں روٹی، گڑ اور کبھی سبزی لے کر تمھارے سائے تلے آ بیٹھتے تھے۔ قریب ہی کہیں محنت مزدوری کرتے تھے یا کوئی کام کرتے تھے، لیکن ستانے اور روٹی کھانے یہاں آجاتے تھے۔"

سایہ دار اچھل پڑا: "ارے واہ، کیا بات یاد دلا دی میرے دوست! وہ منظر کبھی نہ بھولے گا۔ ایک بڑے میاں نے پوٹلی کھولی۔ کھانا شروع کرنے سے پہلے روٹی کے چھوٹے چھوٹے ٹکڑے زمین پر ڈالے۔ ہماری شاخوں پر بیٹھی آٹھ دس چڑیاں نیچے اتریں اور ٹکڑے چگنے لگیں اور بڑے میاں نے بولنا شروع کر دیا: "آؤ بھئی آؤ۔ سب مل کر کھانا۔ لڑنا نہیں۔ برابر حصہ لینا۔ شاباش۔" اور پھر جب وہ بھورے رنگ کا آوارہ کتا دھیرے دھیرے ان کی طرف بڑھتا تو بڑے میاں کی خوشی کی انتہا نہ رہی۔ اونچی آواز میں کہتے۔" آ میرے شیر آ جا۔ تیرا انتظار تھا۔" اور پھر روٹی کے ٹکڑے اس کے سامنے ڈال کر کہتے: "بھورے! میں تجھ سے بڑا شرمندہ ہوں کہ روز تجھے روکھی روٹی کھلا دیتا ہوں، لیکن تجھ سے میرا وعدہ ہے کہ جس دن گھر میں گوشت پکا تجھے پیٹ بھر کر کھلاؤں گا۔" آدھی روٹی پرندوں اور کتے کو کھلا کر پھر بڑے میاں خود کھاتے۔"

ثمر بار نے آہستہ سے کہا: "بوڑھے ہو گئے تم۔ یادداشت کم زور ہو گئی۔"

سایہ دار ناراض ہو کر بولا: "لو، اتنے قصے سنا دیے پھر کہتے ہو یادداشت کم زور ہو گئی۔"

ثمر بار ہنسا اور کہنے لگا: "یہ میں نے اس لیے کہا جو اصل بات تھی وہ تم بھول گئے۔"

سایہ دار بولا: "اچھا تو پھر تم یاد دلا دو۔"

ثمر بار کہنے لگا: "وہ یاد نہیں جب ایک دن ایک راہ گیر ہمارے سائے میں ستانے کو بیٹھ گیا تھا۔ اس وقت بڑے میاں پرندوں اور کتے کو کھلا رہے تھے۔ اس نے ٹوکا، میرے بزرگ: سب انھیں کھلا دوگے تو خود کیا کھاؤگے؟"

بڑے میاں مسکرائے اور بولے: "برخوردار! یہ فکر تو وہ کرے جسے اپنے رازق کی عنایت پر یقین نہ ہو۔ میں تو آج تک بھوکا نہیں رہا۔ انھیں بھی کھلاتا ہوں اور اپنا پیٹ بھی بھرتا ہوں اور اپنے رب کا لاکھ لاکھ شکر ادا کرتا ہوں کہ اپنی اس مخلوق تک رزق پہنچانے کا اس نے مجھے ایک ذریعہ بنالیا، کیوں سایہ دار! یاد آیا تمھیں؟"

سایہ دار نے شاخیں ہلاتے ہوئے کہا: "ہاں ہاں خوب یاد ہے اور وہ جملہ بھی یاد ہے جو بڑے میاں روزانہ روٹی اور گڑ یا سبزی کھانے کے بعد کہتے تھے، میرے پالنے والے میں کس زبان سے ان نعمتوں کے لیے تیرا شکر ادا کروں جو تو نے مجھے دی ہیں۔ کیا زبردست آدمی تھے وہ بڑے میاں بھی۔"

ثمر دار بولا: "بے شک، لیکن میرے دوست! وہ دوسرے بڑے میاں بھی کسی سے کم نہ تھے جو ایک دن ہمارے بڑے میاں سے ملنے آئے تھے۔ سائیکل چلاتے، شیروانی پہنے، پسینے سے شرابور۔"

سایہ دار بیچ میں بول پڑا: "ہاں ہاں، ارے واہ کیا منظر تھا۔ وہ بزرگ سائیکل پھینک کر ہمارے بڑے میاں کی طرف لپکے اور دونوں ایک دوسرے سے ایسے لپٹے، پھر ایسے روئے اور پھر ایسے خوش ہوئے کہ کیا بتاؤں، بالکل معصوم بچوں کی طرح۔ اور پھر آنے والے بڑے میاں نے شیروانی کی جیب سے ایک پوٹلی نکال کر ہمارے بڑے میاں کے حوالے کرتے ہوئے کہا: "بھائی عبداللہ! کہاں غائب ہو گیا تھا۔ دلی سے پاکستان روانہ ہوا تو پھر کوئی خیر خبر ہی نہ دی۔ کچھ دن بعد میں بھی ہجرت کر کے یہاں آگیا۔ وہ دن ہے اور

آج کا دن تیری یہ امانت جو تو میرے پاس رکھوا آیا تھا، سینے سے لگائے پھر رہا ہوں۔ دلی کا جو بھی محلے والا ملا، اس سے تیرے بارے میں پتا کیا۔ آخر برسوں بعد تیرا اتا پتا معلوم ہوا۔ تیرے گھر گیا تو کسی نے بتایا کہ دوپہر اس پیڑ کے نیچے گزرتی ہے۔ لے بھائی! پہلے اپنی امانت سنبھال لے پھر باتیں ہوں گی۔ اچھی طرح نظر ڈال لے، چاہے تو وزن کر لے، حشر میں دامن نہ پکڑیو"

بڑے میاں نے آنے والے بزرگ کو لپٹاتے ہوئے رندھی ہوئی آواز میں کہا: "احمد علی! باؤلا ہو گیا ہے۔ ارے تیری ایمانداری کی تو فرشتے قسم کھاتے ہیں۔ مجھے تجھ پر شک کر کے کیا دوزخ میں جانا ہے۔ مجھے یقین ہے کہ رتی کا فرق نہیں ہوا ہو گا اس زیور کی پوٹلی میں۔ اور سچ بتاؤں احمد علی! جب کئی سال تجھ سے رابطہ نہیں ہوا تو میں سمجھا میرا یار ختم ہو گیا۔ میں نے تیرا ابھی صبر کر لیا اور یہ امانت بھی تجھے معاف کر دی، تو بھائی! میں تو یہ امانت معاف کر چکا۔ اب چاہے تو یہ پوٹلی اٹھا کر واپس جیب میں رکھ لے۔"

احمد علی بولے: "عبد اللہ! کس دل سے کہہ رہا ہے؟"

بڑے میاں نے کہا: "دل کھول کر دکھاؤں جب مانے گا؟"

دونوں بوڑھوں نے ایسا جان دار قہقہہ لگایا کہ کیا کوئی جوان لگائے گا۔ پھر دونوں دیر تک باتیں کرتے رہے اور احمد علی جلدی پھر ملنے کا وعدہ کر کے چلے گئے۔

ایک دن گزرا۔ دو دن گزرے اور ثمر بار اور سایہ دار کو یادیں تازہ کرتے اور اپنی جدائی کا خوف کھاتے پانچ دن گزر گئے۔ چھٹے دن سایہ دار کہنے لگا: "میرا خیال ہے محکمے کا فیصلہ بدل گیا ہے۔"

ثمر بار بولا: "تمھارے منہ میں گھی شکر۔ بس دعا کیے جاؤ کہ ہم ہمیشہ اکٹھے رہیں اور اسی جگہ رہیں، ورنہ زندگی بیکار ہے۔"

ابھی یہ باتیں ہو ہی رہی تھیں کہ دو جیپیں آ کر رکیں اور ان میں سے محکمے کے کچھ لوگ نیچے اترے۔ انھوں نے آلات کے ذریعے اس جگہ کا پھر سے جائزہ لینا شروع کیا اور دوبارہ پیمائش ہونے لگی۔ ثمربار اور سایہ دار ٹکٹکی باندھے انھیں دیکھتے رہے۔

محکمے والوں نے کئی گھنٹے جائزہ لینے کے بعد اپنا سامان باندھا اور گاڑیوں میں بیٹھنے لگے۔ گاڑیاں اسٹارٹ ہوئیں تو ان کی گڑ گڑاہٹ میں سایہ دار اور ثمر بار کو ایک بڑی صاف آواز سنائی دی، بڑی گرج دار آواز:

"جنھوں نے زندگی بھر اللہ کے بندوں کو اپنی چھاؤں میں بٹھایا اور انھیں اپنے میٹھے پھل کھلائے ان کی دعا ہرگز رد نہیں ہو سکتی۔"

سایہ دار اور ثمر بار خوشی سے جھومنے لگے اور انھوں نے اپنی شاخوں کو ایک دوسرے کی طرف پھیلا دیا۔

سڑک چوڑی ہو چکی ہے اور سب وے بن گیا ہے، لیکن نقشے میں تبدیلی کی وجہ سے سایہ دار اور ثمر بار اب بھی ساتھ مل کر اللہ کے بندوں کی خدمت کر رہے ہیں۔

(۱۰) چچا تیز گام نے آم کھائے
محمد فہیم عالم

گاؤں سے شیر محمد کا خط کیا آیا، چچا تیز گام نے تو سارا گھر سر پر اٹھا لیا۔ جمن اور استاد کی تو گویا شامت آگئی۔ جمن اس وقت کو کوس رہا تھا جب اس نے چچا تیز گام کو خط پکڑایا تھا۔ شام کا وقت تھا۔ چچا تیز گام جیسے ہی گھر میں داخل ہوئے، جمن تیر کی طرح ان کی طرف لپکا۔

"مالک خط۔۔۔"

"اے۔۔۔ ہے۔ کیا، کیا۔۔۔" چچا تیز گام چلا اٹھے۔ دماغ تو نہیں چل گیا تمہارا، میں تمہیں خط نظر آتا ہوں۔"

"نن۔۔۔ نہیں۔۔۔ مم۔۔۔ مالک۔۔۔ آ۔۔۔ آپ خط نہیں مم۔۔۔ میرا مطلب ہے مالک خط۔" چچا تیز گام کے گھورنے پر جمن بوکھلا گیا۔

"پھر وہی۔۔۔ کیا تمہاری آنکھیں نہیں ہیں، دن دہاڑے میں تمہیں خط نظر آتا ہوں۔"

مالک! تو کیا آپ رات کو خط نظر آتے ہیں۔" استاد نے حیرت سے چچا تیز گام کی طرف دیکھا۔

"اف خدایا۔۔۔ کیسے پاگلوں سے پالا پڑا ہے۔" چچا تیز گام جھلاہٹ سے اپنے گال پیٹتے ہوئے بولے۔ "بیگم۔۔۔۔۔ بیگم۔۔۔۔ تم کہاں ہو؟" چچا تیز گام نے بیگم کو پکارا۔

"کیوں چلا رہے ہیں، کیا ہوا؟" بیگم باورچی خانے سے نکلتے ہوئے بولیں۔

"بیگم یہ پوچھو کیا نہیں ہوا، ان نا ہنجاروں کو دیکھو، میں ان کو خط نظر آتا ہوں۔" چچا تیز گام غصے سے لال پیلے ہو رہے تھے۔

"آپ انہیں خط نظر آتے ہیں، کیا مطلب؟" بیگم حیرت سے بولیں۔

"مطلب تو تم ان ہی سے پوچھو!۔۔۔" چچا تیز گام بولے۔

"جمن بتاؤ! کیا بات ہے؟"

"بیگم صاحبہ! آج ڈاکیا مالک کے نام ایک خط دے کر گیا تھا۔ میں تو مالک کو وہ خط دے رہا تھا۔ مالک میری پوری بات سنے بغیر ہی مجھ پر بگڑنے لگے کہ میں انہیں خط کہہ رہا ہوں۔" جمن معصوم سی شکل بنائے بولا۔

"جمن! تم نے کیا کہا ہمارا خط آیا ہے۔ ارے تم نے پہلے کیوں نہیں بتایا۔"

"آپ سنتے تو بتاتا نا۔۔۔" جمن جل کر بولا۔

"بس۔۔۔ بس۔۔۔ اب زیادہ باتیں نہ بناؤ، لاؤ ہمارا خط۔"

چچا تیز گام نے تیزی سے جمن کے ہاتھ سے خط جھپٹ لیا اور لگے اُسے جلدی جلدی کھولنے۔

"مالک ذرا خط آرام سے کھولیے، کہیں خط پھٹ ہی نہ جائے۔" چچا تیز گام کو تیزی سے خط کھولتے دیکھ کر استاد بول پڑا۔

"اچھا تو اب تم مجھے خط کھولنا سکھاؤ گے؟" یہ کہتے ہوئے چچا تیز گام نے جلدی سے خط کھولا تو چر کی آواز آئی۔ چچا تیز گام نے چونک کر خط کی طرف دیکھا تو وہ پھٹ چکا تھا۔

"جاؤ جا کر سکاچ ٹیپ لے کر آؤ۔"

چچا تیز گام غصے سے بولے۔ جمن دوڑ کر سکاچ ٹیپ لے آیا۔

"تم خط کو پکڑ کر رکھو میں ٹیپ لگاتا ہوں۔" چچا تیز گام ٹیپ لیتے ہوئے بولے۔ پھر جمن خط کو جوڑنے کے لیے دونوں ٹکڑوں کو ملانے لگا۔ چچا تیز گام سے بھلا کہاں صبر ہوتا تھا۔ انہوں نے آؤ دیکھا نہ تاؤ جلدی سے ٹیپ کاٹ کر خط پر لگادی۔

"اوہ۔۔۔ مالک یہ آپ نے کیا کر دیا۔۔۔" جمن کے منہ سے نکلا۔

"اندھے ہو گیا، دیکھتے نہیں ہم نے خط کو جوڑا ہے۔"

چچا تیز گام بولے۔

"دیکھ لیں، آپ نے کس طرح خط جوڑا ہے۔"

جمن جڑے ہوئے خط کو چچا تیز گام کی آنکھوں کے سامنے لہراتے ہوئے بولا۔

"تم سے آج تک کوئی کام سیدھا ہوا بھی ہے، اب دیکھو خط الٹا جڑوا دیا۔" چچا تیز گام اُلٹا جمن پر برس پڑے۔

"لاؤ مجھے دو خط۔۔۔ میں جوڑتا ہوں۔۔۔" چچا تیز گام غصے سے جمن کی طرف دیکھتے ہوئے بولے اور خط جمن کے ہاتھ سے لے لیا۔

"مالک خط پر لگی ہوئی ٹیپ ذرا احتیاط سے اتاریئے گا۔" جمن کے اس مشورے پر چچا تیز گام نے کھا جانے والی نظروں سے اُس کی طرف دیکھا، لیکن منہ سے کچھ نہ بولے۔ اور ٹیپ اتارنے لگے۔ جب ٹیپ اتر چکی تو انھوں نے اس مرتبہ پوری احتیاط کے ساتھ ٹیپ لگائی اور یوں خدا خدا کر کے خط جڑا۔ پھر چچا تیز گام خط پڑھنے لگے۔ خط پڑھ کر وہ مارے خوشی کے اچھل پڑے۔

"اوہ۔۔۔ مارا۔۔۔" چچا تیز گام نے پُرجوش انداز میں نعرہ لگایا۔

"کوئی مچھر بھی آج تک آپ نے نہیں مارا، آج کس کو مار دیا۔۔۔" چچا کا زور دار نعرہ سن کر بیگم باورچی خانے سے باہر نکل آئیں۔

"بیگم تم بھی بس بات کا بتنگڑ بنا لیتی ہو۔ ہمیں کیا پڑی ہے جو کسی کو ماریں۔ اوہ مارا کا نعرہ تو ہم نے خوشی میں لگایا ہے۔ کیوں کہ گاؤں سے ہمارا جگری یار شیر محمد آرہا ہے۔"

"شیر محمد؟ وہی نا! جسے ملنے آپ گاؤں گئے تو وہ آپ کے گاؤں جانے سے پہلے ہی کہیں چلا گیا تھا۔" بیگم طنزیہ لہجے میں بولیں۔

"ہاں۔۔۔ہاں۔۔۔وہی۔۔۔" چچا تیز گام زور سے سر ہلاتے ہوئے بولے۔

"بیگم وہ گاؤں چھوڑ کر نہیں گیا تھا بلکہ۔۔۔ بلکہ۔۔۔۔" چچا تیز گام اچانک کچھ کہتے کہتے رُک گئے۔

"کیا بلکہ۔۔۔؟" بیگم نے پوچھا۔

"بلکہ یہ کہ، بلکہ کچھ بھی نہیں۔" چچا تیز گام فوراً بولے۔

اب بھلا وہ کیسے بتاتے کہ گاؤں میں شیر محمد سے اس لیے ملاقات نہیں ہوئی تھی کہ وہ بغیر اطلاع کیے گاؤں پہنچ گئے تھے۔

"یہ کیا بات ہوئی؟" بیگم نے عجیب سی نظروں سے چچا تیز گام کی طرف دیکھا۔

"بیگم بات کو چھوڑو اور ہمارے جگری یار شیر محمد کا خط سنو!"

"آہا۔۔ کیا پیارا خط لکھا ہے۔" چچا تیز گام بات ٹالتے ہوئے بولے: "پیارے دوست تنویر احمد!

مجھے یہ جان کر بے حد دکھ ہوا کہ آپ گاؤں آئے اور میں آپ کو مل نہ سکا کیوں کہ میں کراچی ایک شادی میں گیا ہوا تھا۔ آپ بھی تو۔۔۔ ب۔۔۔ بغیر۔۔۔ ا۔۔۔ ط۔۔۔

" چچا تیز گام نے پڑھتے ہوئے یک دم بریک لگا دی۔ کیوں کہ آگے شیر محمد نے چچا تیز گام سے گاؤں آنے کی اطلاع نہ دینے کی شکایت کی تھی۔ چچا تیز گام نے وہ سطر چھوڑی اور پینترا بدل کر اگلی سطر پڑھتے ہوئے بولے: "ہاں۔۔۔ تو آگے لکھا ہے۔"

"آگے کو تو آپ بعد میں بتایئے گا۔۔۔ پہلے یہ تو بتائیں کہ اس سے پیچھے کیا لکھا ہے۔ جو آپ نے چھوڑ دیا ہے۔" بیگم مشکوک نظروں سے چچا تیز گام کو دیکھتے ہوئے بولیں۔

"ہم کیوں چھوڑنے لگے۔۔۔" بیگم کے جملے پر چچا تیز گام گڑبڑا گئے۔

"اچھا تو آپ گاؤں شیر محمد کے پاس بغیر اطلاع دیئے چلے گئے تھے۔" بیگم انھیں گھورتے ہوئے بولیں۔

"بیگم۔۔۔ تم بھی کیا پرانی باتیں لے کر بیٹھ گئیں۔ آگے تو سنو! کیا پیاری بات لکھی ہے ہمارے جگری یار شیر محمد نے۔۔۔" چچا تیز گام نے بات بدلی اور آگے خط پڑھنے لگے:

"پیارے تنویر احمد! میرے باغوں کے آم پک چکے ہیں۔ میں ان شاء اللہ آپ کے لیے آموں کی پیٹیاں لے کر خود آپ کے پاس آؤں گا۔ آنے کی اطلاع میں آپ کو فون کے ذریعے دے دیتا لیکن اُس دن ریل گاڑی میں آپ جلدی میں اپنا ایڈریس دیتے ہوئے اپنا فون نمبر دینا بھول گئے تھے۔ میں 9 تاریخ کو آؤں گا اور تمہارے لیے ڈھیر سارے آم لاؤں گا۔ تمہارا دوست شیر محمد۔"

چچا تیز گام نے خط ختم کر کے خوشی کا اظہار کیا:

"آہا۔۔۔ اب آئے گا مزہ۔۔۔"

"بڑے بڑے۔۔۔ پیلے، پیلے۔۔۔ رس بھرے آم۔۔۔ اور وہ بھی کئی پیٹیاں۔۔۔ واہ بھئی واہ۔۔۔" چچا تیز گام خیالوں ہی خیالوں میں رس بھرے آم کھا رہے تھے۔

"اچھا تو یہ بات ہے۔" یہ کہہ کر بیگم باورچی خانے کی طرف بڑھ گئیں۔

کچھ دیر بعد چچا نے جمن اور استاد کو طلب کر کے کہا: "دیکھو گاؤں سے ہمارا جگری یار شیر محمد آرہا ہے۔ ہمارے دوست کے استقبال کی تیاریاں ابھی سے شروع کر دو۔ ہمارے دوست کے استقبال میں کوئی کمی نہیں رہنی چاہیے۔ ہمارا دوست پوری آن، بان، شان اور

آموں کی پیٹیوں کے ساتھ آ رہا ہے۔ ہم خود شیر محمد کو لینے اپنی چاند گاڑی پر اسٹیشن جائیں گے، ارے۔۔۔ لیکن ہم آموں کی پیٹیاں اسٹیشن سے کیسے لائیں گے؟" چچا تیز گام بولے۔

"شیر محمد آموں کی ایک آدھ پیٹی ہی لائیں گے اسے آپ اپنی چاند گاڑی پر ہی رکھ کر لے آیئے گا۔" جمن بولا۔

"ہا۔۔۔ہا۔۔۔ایک آدھ پیٹی۔۔۔ گاؤں میں شیر محمد کے بہت سے باغات ہیں۔ وہ بہت سی آموں کی پیٹیاں لے کر آئے گا۔" چچا تیز گام ہاتھ نچاتے ہوئے بولے۔

"آپ تو ایسے کہہ رہے ہیں جیسے آپ کے دوست شیر محمد اپنا پورا باغ ہی آپ کے لیے اٹھا لائیں گے۔" باورچی خانے سے بیگم کی آواز سنائی دی۔

"ہاں تو جمن میں کہہ رہا تھا کہ آموں کی بہت سی پیٹیاں ہم اسٹیشن سے کس طرح لائیں گے؟" چچا تیز گام بیگم کی بات سنی ان سنی کرتے ہوئے بولے۔

"مالک پھر ہم ایک وین کرائے پر لے لیتے ہیں۔۔۔" استاد نے مشورہ دیا۔

"وین۔۔۔ہاں۔۔۔ یہ ٹھیک ہے۔"

استاد! لگتا ہے تم ہماری صحبت میں رہتے ہوئے کافی عقل مند ہو گئے ہو۔ ہاں تو یہ طے ہو گیا کہ شیر محمد کو ہم اپنی چاند گاڑی پر لائیں گے اور آموں کی پیٹیاں جمن وین میں لائے گا اور وین میں آموں کی حفاظت کے فرائض جمن سرانجام دے گا۔" چچا تیز گام تیز تیز بولتے چلے گئے۔

"آپ مجھے آموں کا محافظ بنانا چاہتے ہیں یعنی مینگو گارڈ۔ واہ بھئی واہ۔۔۔ مزہ آ گیا۔۔۔ مینگو گارڈ۔" جمن کو یہ خطاب کچھ زیادہ ہی پسند آ گیا تھا۔

"لیکن! خبردار جو تم نے آموں کی طرف آنکھ اٹھا کر بھی دیکھا تو۔" چچا تیز گام نے

جمن کو آنکھیں دکھائیں۔

"مگر مالک نظریں اٹھائے بغیر میں آموں کی حفاظت بھلا کس طرح کروں گا؟"

"ٹھیک ہے تم نظریں اٹھا لینا، لیکن خبردار میلی نظروں سے آموں کی طرف مت دیکھنا۔۔۔" چچا تیز گام بولے۔

اب گھر میں شیر محمد کی آمد کی تیاریاں شروع ہو گئیں۔ چچا تیز گام نے کئی بار شیر محمد کا خط پڑھا۔ اس میں آنے کی تاریخ 9 لکھی ہوئی تھی۔ اب تو اٹھتے بیٹھتے، چلتے پھرتے ہر جگہ چچا کو آم ہی آم دکھائی دیتے تھے۔ ان کے سبھی دوست آم کے رسیا تھے اس لیے انہوں نے 9 تاریخ کو سب دوستوں کو اپنے ہاں مدعو کر لیا۔ گلو میاں اور پہلوان جی اس آم پارٹی سے بہت خوش تھے۔ 8 تاریخ کی شام کو تیاریاں مکمل تھیں۔ چچا خود ایک ایک چیز کا تفصیلی جائزہ لے رہے تھے۔

"جمن! تم نے برف کے لیے طفیل کو کہہ دیا ہے۔"

"جی سرکار! برف کے دو بلاک 9 تاریخ کو صبح ہی آ جائیں گے۔"

"اور استاد! ٹینٹ والوں کو بڑے ٹپ لانے کے لیے کہہ دیا ہے۔"

"جی مالک! ٹپ وقتِ مقررہ پر پہنچ جائیں گے۔"

"شاباش، شاباش۔" چچا نے مسکرا کر کہا۔

9 تاریخ کو چچا کے ہاں خاصا رش تھا۔ رشتے داروں کے ساتھ ساتھ دوست اور ہمسائے بھی اس آم پارٹی میں بلائے گئے تھے۔ چچا بے مقصد اِدھر اُدھر گھوم رہے تھے۔ آموں کے لیے ٹپ موجود تھے ان میں برف تو تھی مگر آم نہیں تھے۔ جب کافی دیر ہو گئی تو پہلوان جی نے پوچھا:

"شیر محمد نے کتنے بجے آنا ہے؟"

"یہ تو اس نے خط میں نہیں لکھا بس یہی لکھا ہے کہ وہ 9 تاریخ کو آئے گا، یہ نہیں لکھا کہ کتنے بجے آئے گا، میں جمن کے ساتھ شیر محمد کو لینے اسٹیشن جا رہا ہوں، استاد تم یہاں کے انتظامات دیکھنا۔"

دو گھنٹے بعد چچا اور جمن تو آگئے مگر ان کے ساتھ شیر محمد نہ تھا، پھر دوپہر سے شام ہو گئی مگر شیر محمد نہ آیا۔ مہمان آپس میں کھسر پھسر کرنے لگے۔ کچھ کا خیال تھا کہ چچا تیز گام نے ان کے ساتھ مذاق کیا ہے۔ چچا ہر ایک کو تسلی دے رہے تھے کہ شیر محمد اور آم بس آنے ہی والے ہیں۔ جب کافی دیر ہو گئی تو پہلوان جی نے چچا کو گھورتے ہوئے کہا"

"لاؤ دکھاؤ، تمہارے دوست کا خط کہاں ہے؟"

"یہ رہا خط، خود پڑھ لو اس پر صاف صاف لکھا ہے کہ شیر محمد نے 9 تاریخ کو آنا ہے۔"

چچا نے شیروانی کی جیب سے خط نکال کر پہلوان جی کی طرف بڑھایا۔ پہلوان جی نے خط پڑھنا شروع کیا اور اس سطر کو بغور دیکھنے لگے، جس پر 9 تاریخ لکھی ہوئی تھی۔ خط کو ٹیپ سے جوڑا گیا تھا اس لیے 9 کا ہندسہ واضح نہیں پڑھا جا رہا تھا۔

"خط کو ٹیپ کس نے لگائی ہے؟" پہلوان جی نے پوچھا۔

اس کے جواب میں چچا نے ساری بات بتا دی۔

"آپ تیزی نہ دکھائیں تو آپ کو چچا تیز گام کون کہے۔"

"کیا مطلب؟"

"ابھی مطلب بتاتا ہوں۔" یہ کہہ کر پہلوان جی نے نہایت احتیاط کے ساتھ ٹیپ اتاری اور کاغذ کو آپس میں ملا کر دکھاتے ہوئے کہا:

"اب دیکھو کیا تاریخ پڑھی جا رہی ہے؟"

"یہ۔۔۔یہ۔۔۔تو۔۔۔ہاں یہ تو 9 کی بجائے 19 پڑھا جا رہا ہے۔"

"جی ہاں شیر محمد نے 19 تاریخ کو آنا ہے، آپ نے ٹیپ لگاتے ہوئے ایک کے ہندسے کو نیچے دبا دیا تھا۔"

"اب کیا ہو گا؟" چچا نے پہلوان جی کو دیکھتے ہوئے پوچھا۔

"اب بے عزتی ہو گی، مہمان باتیں بنائیں گے اور آپ کو بُرا بھلا کہتے ہوئے یہاں سے رخصت ہو جائیں گے۔"

"کیا ایسا ہی ہو گا؟"

"جی بالکل ایسا ہی ہو گا، آپ کو تیزی کی کچھ تو سزا ملنی چاہیئے۔"

وقت گزرنے کے ساتھ ساتھ مہمانوں میں بے چینی بڑھتی جا رہی تھی۔ پریشانی کی وجہ سے چچا کا سر چکرانے لگا تھا۔ یہ سب کیا دھرا ان کا اپنا تھا۔

مغرب سے کچھ دیر پہلے چچا تیز گام کے بھانجے مبارک علی ان کے سامنے موجود تھے۔ چچا نے انہیں گلے لگایا اور خوب دعائیں دیں۔

"ماموں! یہ سب لوگ کیوں آئے ہیں؟"

"وہ آ۔۔۔آ۔۔۔آم کھانے کے لیے۔"

"آم کھانے کے لیے۔ مبارک علی نے دہرایا۔

"جی ہاں آم کھانے کے لیے، لیکن۔۔۔"

"لیکن کیا؟"

اس لیکن کے جواب میں چچا نے تمام داستانِ آم سنا دی۔ ساری بات جان کر مبارک علی نے کہا:

"ماموں! آپ کا مسئلہ حل ہو گیا ہے۔"

"وہ کیسے ؟"

"آیئے میرے ساتھ۔"

جب چچا تیز گام مبارک علی کے ساتھ گلی میں آئے تو گاڑی میں بہت سی آموں کی پیٹیاں تھیں۔

"یہ---یہ---آم---"

"ماموں یہ میں آپ کے لیے لایا ہوں، مجھے پتا ہے آپ آموں کے رسیا ہیں، میں ان دنوں ملتان میں ہوں، یہ آم میں وہیں سے لا رہا ہوں۔" مبارک علی نے کہا۔

"تم تو میرے لیے رحمت بن کر آئے ہو اور مزے دار آم لائے ہو، او جمن، او استاد آؤ اور آم اندر لے جاؤ، دیر مت کرو، جلدی آؤ۔" چچا نے گلی سے ہانک لگائی۔

کچھ ہی دیر میں آم پارٹی اپنے عروج پر تھی۔ مہمان تیزی سے مزے دار آم کھا رہے تھے اور چچا کی تعریف کر رہے تھے۔ چچا حسبِ معمول اپنی تیزی پر قابو نہ رکھ سکے اور ترنگ میں آ کر بولے:

"19 تاریخ کو پھر آم پارٹی ہو گی۔"

یہ اعلان سن کر مہمان آم کھاتے جا رہے تھے اور چچا تیز گام زندہ باد کے نعرے لگاتے جا رہے تھے۔

(۱۱) وعدہ پورا ہوا
مظہر یوسف زئی

شہر کے ایک غریب علاقے میں ایک ایسا اسکول تھا جہاں با مقصد، سستی اور معیاری تعلیم دی جاتی تھی۔ طالب علموں کی ضرورتوں کا خیال رکھتے ہوئے ہر چیز دستیاب تھی۔ فیس بھی اتنی تھی جو وہاں کے رہنے والوں کی پہنچ سے باہر نہ تھی۔ اس کے علاوہ نادار اور کم تنخواہ دار لوگوں کے ذہین بچوں کو ماہانہ امداد بھی دی جاتی تھی۔ میٹرک پاس کرنے والے طلبہ کو یہ سہولت بھی میسر تھی کہ وہ کالج میں داخلہ لینا چاہیں اور وہاں کے اخراجات ان کے والدین برداشت نہ کر سکیں تو اسکول یہ اخراجات قرض حسنہ دے کر پورے کرے گا۔ جب طالب علم عملی زندگی میں قدم رکھے گا تو یہ رقم ماہانہ آسان قسطوں میں اسکول کو واپس کرنا ہوگی، تاکہ یہ سلسلہ جاری و ساری رہے۔

آج یہی اسکول بقعۂ نور بنا ہوا تھا۔ جو بھی وہاں سے گزرتا تھا وہ یہی کہتا تھا کہ اسے کہتے ہیں روشنیوں کا گھر۔ آج اس اسکول کی سال گرہ تھی۔ تمام روایات کو پس پشت ڈال کر پروگرام یہ بنایا گیا کہ اس تقریب میں اسٹیج کرسیاں نہیں ہوں گی، بلکہ فرشی نشست ہو گی۔ مہمان خصوصی کو نہ سپاس نامہ پیش کیا جائے گا اور نہ کوئی تقریر ہوگی، بلکہ امریکہ سے آنے والے ایک پاکستانی مہمان خصوصی ہوں گے اور تمام طالب علموں کو ایک کہانی سنائیں گے۔ بچے کہانی بڑی توجہ سے سنتے ہیں اور اس کا اثر قبول کرتے ہیں۔ یہ مہمان خصوصی وقت مقررہ پر پنڈال میں پہنچے تو جلسے کی کاروائی اللہ کے نام اور اس کے کلام سے

شروع ہوئی۔ تلاوت کے بعد مہمان خصوصی نے مائک سنبھالا اور کہانی سنانا شروع کردی:

بہت دن ہوئے اسی شہر میں ایک بچہ تھا۔ یہ اس کچی آبادی میں رہتا تھا، جہاں اب بڑی شان دار عمارتیں بن گئی ہیں۔ اس نے میٹرک کا امتحان پاس کرلیا تھا۔ اس کی دلی تمنا تھی کہ وہ کالج میں داخلہ لے، مگر اس کا باپ چاہتا تھا کہ وہ کوئی کام کاج کرے تاکہ چار پیسے گھر کے لیے کمائے۔ اس کے باپ کا پیشہ راج گیری تھا۔ یہ بچہ خاندان کا پہلا فرد تھا جس نے میٹرک تک تعلیم حاصل کی تھی۔ برادری والوں نے اس کے باپ کو بہت مبارک باد دی۔ کچی آبادی کے دوسرے بزرگوں نے بھی خوشی کا اظہار کیا۔ ایک دو بزرگوں نے یہ بھی کہا کہ اگر بچہ آگے پڑھنا چاہے تو اسے آگے پڑھانا چاہیے۔ انھی باتوں سے متاثر ہو کر اس نے اپنے بیٹے کو آگے پڑھانے کا ارادہ کرلیا۔ اس کا پیشہ ایسا تھا کہ روز کنواں کھودنا، روز پانی پینا۔ مزدوری مل گئی تو پیسے آگئے، ورنہ دوسرے دن کا انتظار۔

بڑی عمارتوں کے زیرسایہ یہ کچی آبادی بستے بستے بس گئی تھی۔ وہیں ایک عمارت میں ایسے بزرگ شخص بھی رہتے تھے جنھیں لوگ خبطی سمجھتے تھے۔ وہ ہر ایک کے کام آتے تھے۔ یہ بزرگ بستی کے ہر شخص کی جائز ضرورتوں کو پورا کرنے میں ہاتھ بٹاتے تھے۔ بلا سود قرض دیتے تھے، مگر قرضے کی میعاد پوری ہونے کے بعد مقروض کی وعدہ خلافی پر بہت برہم ہوتے تھے۔ انھوں نے ایک ٹکٹکی (تپائی) بنائی ہوئی تھی جس میں وہ وعدہ پر قرض واپس نہ کرنے والے کا پتلا باندھ کر اسے سرِراہ قمچی سے پیٹتے اور کہتے جاتے کہ میاں فلاں! تو نے کل کی تاریخ کے وعدے پر ادھار لیا تھا وہ ادھار تو نے واپس نہیں کیا۔ یہ تماشا دیکھنے کے لیے لوگوں کے ٹھٹ کے ٹھٹ لگ جاتے تھے۔ پھر کچھ لوگ اس مقروض کو شرمندہ کرکے قرض واپس کرنے پر مجبور کرتے تھے۔

دیکھتے دیکھتے شہر میں تعمیرات کے کام میں ایسی تیزی آئی کہ اس بچے کے باپ کو بھی

ایک ٹھیکے دار نے مستقل رکھ لیا۔ بچے کے داخلے کا وقت آیا تو اس نے بستی کے بزرگ سے اپنے بچے کے داخلے کے لیے ایک ماہ کے وعدے پر رقم ادھار لی۔ بچے کا داخلہ ہو گیا اور وہ تاریخ بھی آن پہنچی، جس تاریخ پر یہ قرض واپس کرنا تھا۔ اس دن ایسی بارش ہوئی کہ جیسے آج برس کے پھر نہ برسے گی۔ لوگوں کا خیال تھا کہ آسمان میں چھید ہو گیا ہے۔ اتنا پانی برسا کہ پورا علاقہ جل تھل ہو گیا۔ نالے نالیاں ابل پڑے۔ پگڈنڈیوں اور سڑکوں نے ندیوں کی صورت اختیار کرلی۔ گلی کوچوں میں نکلنا دشوار ہو گیا۔ ہر شخص گھر میں قید ہو کر رہ گیا۔ بچے کا اصرار تھا کہ ادھار کے پیسے وعدے کے مطابق آج ہی واپس کر دیئے جائیں۔ باپ کا کہنا تھا کہ ایک دو دن کے بعد ادھار اتارا جائے تو کوئی فرق نہیں پڑے گا، مگر بچہ وعدہ خلافی نہیں چاہتا تھا۔ وہ آج کا کام کل پر نہیں ٹالتا تھا۔ شاید اسی عادت کی وجہ سے وہ امتحان میں اچھے نمبروں سے پاس ہوا تھا۔

جب بیٹا اور باپ ادھار چکانے کے لیے گرتے پڑتے اور بچتے بچاتے بزرگ کے ٹھکانے پر پہنچے تو ہر طرف ہو کا عالم تھا۔ ہاتھ کو ہاتھ سجھائی نہیں دے رہا تھا۔ اس وقت بھی بارش کی جھڑی لگی ہوئی تھی۔

بزرگ نے انہیں دیکھتے ہی کہا: "آؤ آؤ، میں جانتا تھا تم ہاتھ کے بھولے نہیں ہو۔

بچے کا باپ کہنے لگا: "میں نے تو اس سے کہا تھا کہ بارش کا زور ٹوٹے تو چلیں گے، مگر اس نے ایک نہ سنی اور کہنے لگا کہ بابا! میں نے دینیات کی کتاب میں پڑھا ہے کہ ہمارے حضور صلی اللہ علیہ وسلم نے ایک شخص کو وصیت فرمائی تھی کہ کبھی وعدہ خلافی نہ کرنا۔ نہ اس معاملے میں کسی کی مدد کرنا۔ یہ سنتے ہی میں بھی اس کے ساتھ چل پڑا۔"

بزرگ نے بچے کے سر پر محبت و شفقت کا ہاتھ پھیرتے ہوئے کہا: "اس بچے نے انسانی رشتے اور اخلاقی اصول کا ایسا مظاہرہ کیا ہے کہ دل خوش ہو گیا ہے۔ میں یہ پیسے بچے

کو دیتا ہوں اور دعا کرتا ہوں کہ یہ ذہین لوگوں اور نیکوکاروں میں شامل ہو۔"

بارش تھمی تو ایسا لگا جیسے اس بچے کے باپ کی تمام مشکلات دھل گئی ہوں۔ معاشی حالات بہتر ہونا شروع ہو گئے۔ اللہ تعالیٰ نے اس کا ہاتھ ایسا تھاما کہ پیسہ برسنے لگا اور وہ اپنے علاقے کا بڑا ٹھیکے دار بن گیا۔ بچے نے بھی تعلیمی میدان میں سرپٹ بھاگنا شروع کر دیا۔ انجینئرنگ کی سند ملتے ہی اس کا اسی کالج میں لیکچرار کی حیثیت سے تقرر ہو گیا۔ یہ وہ زمانہ تھا جب امریکا کے فورڈ فاؤنڈیشن کے ارکان تیسری دنیا کے ممالک میں گھوم پھر کر وہاں کے ذہین لوگوں کو اعلا تعلیم کے لیے وظیفے دے کر ان کی ذہانتوں کو اپنی بھلائی کے لیے استعمال کرتے تھے۔

ایک دن وہ کل کا بچہ اور اس وقت کا انجینئر کلاس میں پڑھا رہا تھا۔ فورڈ فاؤنڈیشن کا ایک رکن دورے پر آیا ہوا تھا۔ اس نے دیکھا کہ ایک نوجوان لیکچر دے رہا ہے اور اس سے بڑی عمر کے طالب علم کلاس میں بیٹھے بڑے توجہ اور رغبت سے لیکچر سن رہے ہیں۔ وہ رکن بھی کلاس کی پچھلی صف میں بیٹھ گیا۔ جب وقت ختم ہوا اور یہ نوجوان لیکچرار برآمدے میں آیا تو اس رکن نے اس کے کندھے پر ہاتھ رکھ کر کہا: "کیا تم اعلا تعلیم کے لیے ہماری کفالت (اسپانسر شپ) قبول کرو گے؟

اس نوجوان لیکچرار نے تعجب اور خوشی کے ملے جلے جذبات کے ساتھ اس کی طرف دیکھا تو رکن نے کہا: "فطری اہلیت کو عمر کے ترازو میں نہیں تولا جاتا۔ عمر کی زیادتی یا کمی سے فطری اہلیت اور صلاحیت کا تعلق نہیں ہوتا۔ یہ نوجوان لیکچرار اعلا تعلیم کے لیے امریکا چلا گیا اور بعد میں وہیں ملازمت اختیار کر لی۔

آپ کو معلوم ہے کہ وہ بچہ کون ہے؟ تمام حاضرین مہمان خصوصی کی ہلکی سے مسکراہٹ کو دیکھنے لگے، جس کا مطلب تھا کہ انھوں نے اپنی ہی کہانی سنائی ہے۔ اسی وقت

حاضرین کی پچھلی نشست سے ایک بچہ جو اسی اسکول کا طالب علم تھا، کرسی پر کھڑا ہو کر کہنے لگا:"وہ ایک بچہ میں بھی ہوں۔"

سب لوگ اسے حیران نظروں سے دیکھنے لگے۔ کچھ لوگوں نے اسے ڈانٹتے ہوئے خاموش رہنے کے لیے بھی کہا۔ مہمان خصوصی نے مداخلت کرتے ہوئے کہا:"بچوں کی بات بھی سننی چاہیے۔"

سب لوگ خاموش ہو گئے تو مہمان خصوصی نے بچے سے پوچھا:"ہاں میاں! ذرا بتاؤ وہ بچہ تم کیسے ہو؟"

بچے نے جواب دیا:"جناب! میں اعلا تعلیم حاصل کر کے اپنے ملک ہی میں رہ کر ایک معیاری فنی درسگاہ قائم کروں گا۔ میں نے اپنی کتاب میں پڑھا ہے کہ جو کام خلوص دل سے کیا جائے وہ آسان ہوتا ہے۔ اگر عبدالستار ایدھی اتنا بڑا رفاہی اور فلاحی ادارہ چلا سکتے ہیں تو میں بھی تعلیم کے میدان میں اپنے منصوبے کو کامیاب بنا سکتا ہوں۔"

بچے کے عزم اور ارادے کو دیکھ کر مہمان خصوصی کا چہرہ خوشی سے تمتما اٹھا اور انھیں ایسا محسوس ہوا کہ ان کے نیک کاموں کا اجر ملنا شروع ہو گیا ہے۔ مہمان خصوصی نے حاضرین پر فاتحانہ نظر ڈالتے ہوئے کہا:"جس قوم میں چراغ سے چراغ جلانے کی روایت قائم رہتی ہے، جو قوم بچوں کے حقوق ادا کرتی ہے اور بچوں کی سوچ کے دھارے کو صحیح رخ پر ڈالتی ہے وہ قوم ترقی کی دوڑ میں کبھی پیچھے نہیں رہتی۔"

(۱۲) زمرد کا خواب

جدون ادیب

زمرد سوات کے ایک دور دراز گاؤں میں اپنے ماں باپ اور بہن مرجان کے ساتھ رہتا تھا۔ ان کا گاؤں ایک پہاڑی درے کے پاس واقع تھا۔ یہاں سے نزدیکی قصبے کا فاصلہ بہت زیادہ تھا۔ وہاں پہنچنے کے لیے چار پانچ گھنٹے کا دشوار راستہ طے کرنا پڑتا تھا اور سوات شہر تک پہنچنے میں بارہ سے چودہ گھنٹے لگ جاتے تھے۔ اس گاؤں میں ضروریات زندگی بہت محدود تھیں۔ بجلی، گیس تو تھی نہیں، پانی بھی نزدیکی چشمے سے بھر کر لانا پڑتا تھا، البتہ یہاں کی زمین زرخیز تھی اور بارشیں بھی خوب ہوتی تھیں۔ اس لیے زمینوں سے فصل اور درختوں سے پھل بڑی مقدار میں حاصل ہوتے تھے۔ کھیتی باڑی اور مویشی پالنا گاؤں والوں کا ذریعہ معاش تھا۔ نزدیکی جنگل سے جلانے کے لیے لکڑیاں مل جاتی تھیں۔ یہاں زندگی کچھ مشکل تھی، مگر گاؤں کے لوگ ہنسی خوشی رہ رہے تھے۔ وہ سخت جان لوگ تھے اور ہر مشکل کا مقابلہ مردانہ وار کرتے تھے۔

زمرد گاؤں کے دوسرے لوگوں کی طرح فجر کی نماز سے پہلے اٹھ جاتا تھا۔ وہ نماز پڑھ کر مدرسے جا کر سبق پڑھتا، پھر آکر ناشتا کرتا اور اپنی بکریوں اور گائے کو چرانے لے جاتا۔ دوپہر کو واپس آتا تو کھانا کھا کر کھیتوں میں چلا جاتا اور اپنے بابا کا ہاتھ بٹاتا۔ سہ پہر کو وہ اپنے مویشیوں کو جنگل کی طرف چرانے لے جاتا اور اسی دوران جنگل سے لکڑیاں جمع کرتا۔ وہ واپسی پر لکڑیوں کا ایک بڑا سا گھٹا سر پر اٹھا لاتا تھا۔

اس گاؤں میں صاف آب و ہوا اور شفاف پانی کی وجہ سے بیماریاں نہ ہونے کے برابر تھیں۔ اکثر لوگ جڑی بوٹیوں سے ٹھیک ہو جاتے تھے۔ ضرورت پڑنے پر قصبے کی ڈسپنسری سے دوا لاتے، مگر بہت زیادہ طبعیت خراب ہونے کی صورت میں شہر جانا پڑتا تھا۔

ایک دن زمرد شام کو لوٹا تو اس نے ماں کو گھر کے باہر پریشان حالت میں اپنا انتظار کرتے پایا۔ اس نے جلدی سے بکریوں کو سائبان کے نیچے کھڑا کیا، گائے کو باندھا اور ماں کے پاس آیا۔ ماں نے بتایا کہ اس کے بابا کو تیز بخار ہو گیا ہے۔ وہ جا کر اپنے ماموں سے دوا لے آئے۔

زمرد کے ماموں اکثر شہر جاتے رہتے تھے اور وہاں سے کچھ دوائیں لے آتے تھے، جو ضرورت پڑنے پر گاؤں والوں کے کام آتی تھیں۔ زمرد اندر آیا۔ اس کے بابا نڈھال سے نظر آرہے تھے۔ وہ کئی دن سے بیمار تھے اور دیسی نسخوں سے انھیں افاقہ نہیں ہو رہا تھا۔ اس نے بابا کے ماتھے پر ہاتھ رکھا۔ ان کا بدن بہت تپ رہا تھا۔ اس نے بابا کے ماتھے کا بوسہ لیا اور تیزی سے گھر سے نکل گیا۔ تھوڑی دیر بعد لوٹا تو اس کے ہاتھ میں کچھ گولیاں تھیں، جو اس کے ماموں نے فوری طور پر کھانے کے لیے بھیجی تھیں۔ اندھیرا چھا چکا تھا۔ زمرد کی ماں نے اس کے بابا کو دودھ کے ساتھ گولیاں دیں۔ اس دوران زمرد نے مغرب کی نماز پڑھ لی اور ادھر اس کی ماں نے اس کے لیے اور بیٹی مرجان کے لیے کھانا نکال دیا۔ آج دونوں سے اچھی طرح کھانا نہیں کھایا گیا۔ مرجان بابا کی لاڈلی تھی۔ وہ اپنے بابا کو اس حال میں دیکھ کر سخت افسردہ تھی۔ مرجان چند لقمے کھا کر اٹھ گئی۔ زمرد نے بھی کھانے سے ہاتھ کھینچ لیا۔ اس رات زمرد کو بہت دیر سے نیند آئی۔ وہ گہری نیند میں تھا، جب رات کے پچھلے پہر اس کی ماں نے اسے جگا دیا۔ وہ ہڑبڑا کر اٹھ بیٹھا تو دیکھا کہ اس کے بابا

کی طبعیت خراب ہو رہی ہے۔ ایک بار پھر ان کا بدن آگ کی طرح تپ رہا تھا اور وہ تکلیف سے کراہ رہے تھے۔ ماں کی ہمت ختم ہوتی جا رہی تھی اور وہ شوہر کے ماتھے پر بار بار گیلا کپڑا رکھتی تھیں اور پھر رونے لگتی تھیں۔ اس لمحے زمرد نے اپنے آپ کو بہت بے بس محسوس کیا، لیکن پھر وہ اٹھا، چادر اٹھائی، بندوق کندھے پر لگائی۔ درانتی اپنے کالر میں پھنسا کر کمر پر لٹکائی اور ٹارچ اٹھا کر ماں اور بابا کے کمرے میں آ گیا۔ ماں نے اسے حیرت سے دیکھا۔ زمرد آہستہ سے بولا: "اماں! میں قصبے جا رہا ہوں۔ صبح تک وہاں پہنچ جاؤں گا۔ بابا کی دوا لے کر آؤں گا۔"

ماں کو ایک لمحے کے لیے حوصلہ ہوا۔ انھیں اپنے بیٹے پر فخر محسوس ہوا، لیکن پھر وہ فکر مند لہجے میں بولیں: "مگر بیٹے! اتنی رات گئے؟ پھر ڈسپنسری بھی تو آٹھ بجے کھلتی ہے۔ تم فجر پڑھ کر چلے جانا۔"

"نہیں ماں!" زمرد عزم سے بولا: "میں اسی وقت جاؤں گا، تاکہ فجر کے وقت قصبے میں پہنچ جاؤں۔ جتنی جلدی ممکن ہوا، میں دوا لے کر لوٹ آؤں گا۔"

ماں نے کچھ کہنے کی کوشش کی، مگر زمرد نے ماں کے منہ پر ہاتھ رکھ دیا اور سر جھکایا۔ ماں نے ایک گہری سانس لی اور اس کے سر پر ہاتھ رکھ دیا۔ ساتھ ہی کچھ پڑھ کر پھونکا۔ زمرد نے بابا کی طرف غور سے دیکھا۔ وہ اب سو چکے تھے۔ اس نے بابا کے ماتھے پر ہاتھ رکھا، بابا کے ہاتھوں کو چوما اور ان کے پیروں کو چھو کر تیزی سے باہر نکل آیا۔

گھر سے نکل کر وہ قصبے جانے والے راستے پر پہنچا تو اس نے ٹارچ روشن کر لی۔ اور کچھ دور گیا تھا تو اسے ایک انجانا سا خوف محسوس ہوا۔ اسے لگا کہ کوئی پر اسرار طاقت اسے گھر لوٹنے کے لیے کہہ رہی ہے۔ اس نے سر کو جھٹکا اور آگے بڑھ گیا۔ اس نے اندازہ لگایا کہ اگر اسی رفتار سے چلتا رہا تو فجر کی نماز قصبے کی مسجد میں پڑھ لے گا۔ اس نے سوچا کہ وہ

ڈسپنسری کے چوکیدار سے مسجد میں ملاقات کر لے گا، اس سے کہے گا کہ وہ ڈاکٹر سے اس کے بابا کے لیے دوا لا دے۔ اسے یقین تھا کہ چوکیدار اس کی مدد ضرور کرے گا۔ وہ ناہموار راستوں پر قدم پھونک کر رکھتے ہوئے آگے بڑھ رہا تھا۔ تھوڑی دیر بعد ٹارچ کی روشنی اپنے ارد گرد بھی ڈال لیتا تھا، تاکہ کسی جنگلی جانور یا سانپ وغیرہ سے اچانک سامنا نہ ہو جائے۔ چلتے چلتے ایک بار اس نے ٹارچ کو اپنے دائیں جانب گھمایا تو ذرا نیچے ایک کھائی میں اسے کوئی چیز چمکتی ہوئی نظر آئی۔ اس نے ٹارچ کی روشنی اس چمکتی چیز پر مرکوز کی اور کھائی کے ارد گرد کا جائزہ لیا۔ ایک لمحے کے لیے اس نے سوچا کہ آگے بڑھ جائے، مگر پھر اسے خیال آیا کہ اس کے پاس ابھی تھوڑا وقت ہے، اس چمک دار چیز کو دیکھ لینا چاہیے۔ یہ سوچ کر وہ احتیاط سے نیچے اترنے لگا۔ اس جگہ پر کانٹے دار جھاڑیاں تھیں۔ اس نے درانتی کی مدد سے راستہ بنایا اور کھائی میں اتر گیا اور چمک دار چیز اٹھالی۔ وہ سبز رنگ کا پتھر تھا اور گرد سے اٹا ہوا تھا۔ زمرد نے اپنی قمیض سے پتھر کو صاف کیا تو وہ اور چمکنے لگا۔ زمرد کو اندازہ ہو گیا کہ یہ کوئی قیمتی پتھر ہے۔ اس نے پتھر کو اپنی جیب میں ڈالا اور کھائی سے نکل کر دوبارہ اپنے راستے پر پہنچ گیا اور ایک بار پھر تیزی سے قصبے کی طرف روانہ ہو گیا۔

زمرد جب قصبے میں داخل ہوا تو فجر کی اذان ہو رہی تھی۔ اس نے قصبے کی مسجد میں جا کر وضو کیا۔ وہیں اس کی ملاقات ڈسپنسری کے چوکیدار سے ہو گئی۔ زمرد نے اسے اپنے بابا کی حالت بتائی اور اس سے مدد کی درخواست کی۔ چوکیدار نے بتایا کہ ڈاکٹر صاحب بھی مسجد میں نماز پڑھنے آتے ہیں۔ نماز پڑھنے کے بعد وہ چوکیدار کے ساتھ مسجد سے باہر آیا تو ڈاکٹر صاحب سے بھی ملاقات ہو گئی۔ ڈاکٹر صاحب نے ہمدردی سے اس کی بات سنی اور اسے اپنے گھر لے جا کر دوا دے دی۔ ڈاکٹر صاحب نے اصرار کر کے اسے ناشتہ کروایا۔

وہ ناشتا کر کے تیزی سے اپنے گاؤں کی طرف روانہ ہو گیا۔ وہ اب بہت تیزی سے چل رہا تھا۔ اندھیرا ختم ہو گیا تھا، راستہ صاف تھا اور کوئی خطرہ بھی نہیں تھا۔

زمرد تیز رفتار سے چلتا ہوا تین گھنٹے بعد اپنے گاؤں پہنچ گیا۔ جب وہ اپنے گھر جانے والے راستے پر بڑھا تو اسے بہت سارے لوگ اپنے گھر کی جانب جاتے دکھائی دیے۔ زمرد کا ماتھا ٹھنکا اور اس کا دل زور زور سے دھڑکنے لگا۔ وہ دوڑتا ہوا اپنے گھر پہنچا تو دیکھا کہ گاؤں کے لوگ وہاں جمع تھے۔ اسے دیکھ کر اس کے ماموں نے اسے گلے لگایا اور بتایا کہ اس کے بابا کا انتقال ہو گیا ہے۔ شدت غم سے اس کا دل پھٹنے لگا۔ وہ پتھرائی ہوئی آنکھوں سے ماموں کو دیکھتا رہا، پھر وہیں گر کر بے ہوش ہو گیا۔

جب اسے ہوش آیا تو اس کے بابا کا جنازہ اٹھایا جا رہا تھا۔ یہ سب اس کے لیے کسی ڈراؤنے خواب سے کم نہیں تھا۔ وہ پھٹی پھٹی نظروں سے سارا منظر دیکھ رہا تھا اور چپکے چپکے رونے لگتا تھا۔ گاؤں کے لوگ اسے رونے سے منع کرتے اور سمجھاتے جاتے تھے کہ رونے سے مرنے والے کی روح کو تکلیف ہوتی ہے، وہ حوصلہ رکھے، کیوں کہ مرد رویا نہیں کرتے، مگر وہ کیا کہتا، بار بار اس کی آنکھیں امنڈ جاتی تھیں۔ اس نے اپنے بابا کے جنازے کو کاندھا دیا تو اسے لگا کہ بابا کی موت نے اس سے سب کچھ چھین لیا ہے، اس کا بچپن بھی چھن گیا اور اسے وقت سے پہلے بڑا بنا دیا تھا۔

جلد ہی یہ مشکل وقت بھی گزر گیا۔ آخر یہ صدمہ بھلانا پڑا۔ معمولات زندگی پھر رواں دواں ہو گئے۔ بابا کی وفات کے دو ماہ بعد اس کی ماں گھر کی صفائی کر رہی تھی کہ انھیں وہی پتھر نظر آیا، جو زمرد کو کھائی سے ملا تھا۔ زمرد کھیتوں پر تھا۔ اس کے ماموں اس وقت گھر آ گئے۔ زمرد کی ماں نے وہ پتھر اپنے بھائی کو دکھایا تو ان کی آنکھیں حیرت سے پھیل گئیں اور وہ بولے: "یہ تو بہت اعلا قسم کا زمرد پتھر ہے۔ یہ کہاں سے آیا؟"

زمرد کی ماں سوچتے ہوئے بولیں: "ایک بار زمرد نے بتایا تھا کہ جس رات وہ اپنے بابا کی دوا لینے قصبے گیا تھا، اسے یہ پتھر ایک کھائی سے ملا تھا۔ پھر نہ اسے خیال رہا اور میں دھیان سے پائی۔"

زمرد کے ماموں پر جوش لہجے میں بولے: "میری بہن! اللہ نے تمہارے سارے دکھ دور کر دیے ہیں۔ یہ اتنا قیمتی پتھر ہے کہ ہم اس کی قیمت کا اندازہ بھی نہیں کر سکتے۔ تمھاری غربت اب ختم ہو گئی ہے۔ میں شہر سے جوہری کو بلوا کر لے آؤں گا یا یہ پتھر خود شہر لے جاؤں گا۔ مجھے امید ہے کہ اس کی قیمت لاکھوں میں ہو گی یا شاید اس سے بھی زیادہ۔"

زمرد گھر آیا تو اسے اس بات کا پتا چلا۔ ایک عرصے بعد گھر میں خوشی کی گھڑی آئی تھی۔ اس رات زمرد، مرجان اور ان کی ماں آنکھوں میں نئے خواب لے کر سوئے مگر خواب میں انھیں اپنے بابا نظر آئے، جو بیماری کی حالت میں تڑپ رہے تھے۔ مرجان اور زمرد نے بھی خواب میں اپنے بیمار بابا کو دیکھا۔

وہ ایک سوگوار صبح تھی۔ مرجان اور زمرد اپنے بابا کو اور ان کی ماں اپنے شوہر کو خواب میں دیکھ کر ایک بار پھر دکھی تھے۔ وہ خواب میں بھی بیمار نظر آتے تھے۔ زمرد اور اس کی ماں دونوں ایک ہی بات سوچ رہے تھے۔ آخر زمرد دل کی بات زبان پر لے آیا اور بولا: "اماں! اگر گاؤں میں ڈسپنسری ہوتی تو شاید بابا اتنے تکلیف اٹھا کر نہ مرتے!"

"ہاں میرے بچے!" ماں نے اپنے آنسو پونچھے: "خدا سب کے سہاگ سلامت رکھے۔ ان کے بچوں پر باپ کا سایہ قائم رکھے۔ کاش! گاؤں میں کوئی اسپتال ہوتا!"

زمرد بولا: "اماں! میرا دل چاہتا ہے، یہ پتھر بیچ کر جو پیسے ملیں، اس سے ہم گاؤں

میں اسپتال بنادیں۔ ہمارے بابا تو نہیں بچے، دوسروں کے تو محفوظ رہیں گے۔"

"ہاں بیٹے! یہی کرنا چاہیے، تاکہ تمہارے بابا کی روح کو سکون ملے۔"

زمرد کے ماموں نے پہلے تو اس فیصلے کی مخالفت کی، مگر تینوں کے اصرار دیکھ کر ان کی مدد کو تیار ہو گئے۔ ماموں نے بھاگ دوڑ کی۔ ایک فلاحی تنظیم ایک عرصے سے یہاں ڈسپنسری قائم کرنے کی کوشش کر رہی تھی، مگر محدود سرمائے کی وجہ سے رک جاتی تھی۔ ماموں نے ان سے بات کی۔ تنظیم نے کچھ رقم اپنے پاس سے لگانے کا ارادہ ظاہر کیا۔ زمرد بیچ کر ایک بڑی رقم ملی۔ حکومت سے اسپتال اور سڑک کی تعمیر کی منظوری بھی مل گئی۔ گاؤں والوں نے بھی اس کار خیر میں حصہ لیا۔ سب کی کوششوں سے اسپتال کھل گیا۔

جس دن اسپتال کا افتتاح ہوا، اس دن گاؤں والوں اور قرب جوار کے گاؤں والوں کی خوشی دیدنی تھی۔ وہ سب زمرد اور اس کے گھر والوں کے احسان مند تھے کہ انھوں نے ایثار کیا تھا۔ وہ چاہتے تو اپنے لیے ہر سہولت حاصل کر سکتے تھے، مگر انھوں نے سب فائدے کو ترجیح دی تھی۔ ان کے گھر کو بہت عزت اور وقار حاصل ہوا۔ حکومت نے اسپتال کا نام زمرد کے نام پر رکھنے کا فیصلہ کیا تھا، مگر زمرد نے درخواست دی کہ اسپتال کا نام اس کی بہن مرجان کے نام پر رکھا جائے اور اس کی درخواست منظور ہو گئی۔ مرجان بابا کی لاڈلی تھی۔ زمرد کو یقین تھا کہ اس فیصلے سے اس کے بابا کی روح کو سکون ملے گا۔

اسپتال کے افتتاح کے دن زمرد کے لیے ایک خوش خبری اور تھی۔ اسے اسپتال کے پیڑ پودوں اور صفائی کے نگراں کی حیثیت سے سرکاری نوکری دے دی گئی تھی۔ وہ اسپتال جو اس کے خوابوں اور قربانی کی یادگار تھا، اسے سجانے اور سنوارنے کی ذمے داری اسے ہی سونپی گئی تھی۔

اس دن کے بعد زمرد کو اپنے بابا کئی بار خواب میں نظر آئے، مگر اب وہ بیمار نظر نہیں آئے۔ وہ خوش و خرم نظر آتے تھے۔ اسپتال سے گاؤں والے قائدہ اٹھاتے تھے اور ایک نہ نظر آنے والے مقام پر ان کے بابا کی خوشی اور مقام میں اضافہ ہو جاتا تھا۔

※ ※ ※